文春文庫

惑いの森

中村文則

文藝春秋

目次

惑《まど》いの森

本文イラスト　松倉香子

1　タクシードライバー

「昔、バーをやっていた頃の話なんですが……」

　運転手はそう言うと、バックミラー越しに静かに微笑んだ。長距離の移動中、このタクシー運転手とは、何だか話し込んでしまった。僕の離婚のこと、身体を壊し、入院して会社を辞めたこと。なぜだろう。誰かに話を、聞いてもらいたかったのかもしれない。運転手は、僕の話を静かに聞いていた。彼が口を開いた時、外で雨が降っているのに気づく。なぜだかわからないけど、今日は夜を長く感じていた。

「そこに、不思議なお客さんがいましてね。……時間を、気にするんです」

「時間？」

「……ええ、それも、とても強く」

　車が、ゆっくり信号で停まる。まだ先は長い。僕は車のシートにもたれている。

「いつも、夜の一時に、ぴったりと店に入ってくる。そしてビールを注文する……。そこで私に言うんです。『僕はいまから、一時五分にビールを飲むけれど、それを一時十五分には飲み終わらなければいけない』と」

「……なんなのですか」

「さらに聞くんですよ。『でも、僕の時計が合っているか不安だから、電話サービスの時報を、聞かせてくれないだろうか』。……そして、このお店の時計は、合っているのかと」

信号が青に変わり、また車が走り始める。

「……不安なのだ、と言うんです。決められた時間から、ずれていくのが。そのお客さんは、毎日、ノートに自分の一日を、前もって書くようにまでなっていた。……何時に電車に乗り、何時にどのお店に行き、何時に何を買うということを。……私のお店はとても暇でしたからね、私も付き合いました。いつも彼は一時に来る、そして一時五分からビールを飲み始める。私は電話の時報サービスの番号を押し、彼に聞かせながら……。時間のこと以外では、普通のお客さんでした。でも、つらそうでした。とても」

僕は、東京の片隅のバーで、時間を確認しながらお酒を飲む男と、彼のために、時報を聞いているマスターの姿を思い浮かべた。

「彼はでも、徐々にきつくなっていきました。時間だけでは、収まらなくなっていた。店に入る時も、右足からでなければならない。私の出すおつまみも、ピーナッツとスナックの配分は同じでなければならない。トイレに行く時間も同じでなければならない。私は常に時報にダイヤルして、彼に聞かせなければなりませんでした。少しだけ、安心できるんだそうです。時報のアナウンスを、聞いていると。……でも、自分の行いに間違いが出ると、不安でたまらなくなる。自分の意志では、どうしても抑えられないほど、不安になる。鼓動が乱れて、どうしようもなく、乱れて、逃げ出したくなる。そうなる自分をわかっているから、さらに間違いができなくなる。……悪循環です。通院もしていたけれど、なかなか、その不安を治すことができなかった。彼はそういった、個人的な、狭い苦しみの中にいました。……でも私は付き合いました。彼も、私のお店に来ると安心してくれた。時には笑顔でね、話すこともできた。でも」

運転手は、そこで少しだけ黙った。

「……混んできてしまった。私のお店が」

車が、広い通りに出る。外灯のオレンジの光が続いていく。前を走る車はなかった。

「近くのバーが、雑誌に紹介され……。そこに入りきれなくなったお客さん達が、ぽつぽつと、私の店に来るようになった。時報を気にしながらお酒を飲む彼を、他のお客さん達が普通に見られるわけがない。……彼は来づらくなった。でも、来ざるをえない。決めていることだから。変更などできるわけがないから。そしてある日、彼が店に入れなくなったことがあった。席が埋まっていた。私は席をひとつ取っていたのに、酔ったお客さんが、空いてるじゃないかと座ってしまっていた」

運転手は、少し遠くを見ている。

「……あの時の、彼の表情を忘れることができません。困っていた。来ると決めていた、間違えることのできない、自分の習慣だったのだから。……彼は悲しみに満ちた表情で、暗がりの街の中に、帰っていきました。まるで自分の存在を恥じるかのように。私は声をかける時間もなかった。私は気づいていました。彼は、この店に来るのが、目的だったのではなかったのです。自分だけでは不安だから、誰かに、確認してもらいたかっただけなのです。誰かが、必要だった。自分の見る時計、聞く時間が、本当に合っていると側《そば》で言ってくれる人が。大丈夫だと、間違いないと、言い聞かせてくれる人が。……誰もいなかったから。周りに」

運転手は、まだ遠くを見ている。雨は降り続いていた。

「……間違っていたら、申し訳ないですけど」

僕は静かに、口を開いた。

「その時間を気にする男は、あなただったのではないですか？」

僕がそう言うと、運転手は静かに笑った。

「……ばれましたか。何か、恥ずかしくて。……慣れないしゃべり方だと、上手くいきませんね」

車が交差点に入る。誰もいない道を、緩やかに曲がっていく。

「……二年前の話です。あの頃は、つらかった。……本当に」

「……でも、いまは立派にタクシーを」

「ええ、いいお医者さんに、巡り合いました。……少しずつですが、いまは、ようやく。……嫌な上司もいませんしね。つらいお客さんも、降ろせば終わりですから」

対向車線を、青い車が通り過ぎる。

「……実は、先日、そのお店の近くを通りましてね。……あの頃のことを思い出すのは怖かったけど、あの時のマスターの、苦しそうな、すまなそうな顔が、忘れられなくて。気にしなくていいと、言わなければいけないと思った」

オレンジの外灯が続いていく。

「タクシーの制服の、私を見て、症状の見えない、私を見て……、そのマスターは、歳を取った人だったのですが、よかったと、涙を浮かべながら、言ってくれました。私も、何だか泣けてきて……。勤務中でしたからビールは飲めなかったけど、ジュースで、二人で乾杯をしました。……あれはいい夜でした。……本当に」

目的地が近づいてくる。僕は目を閉じ、自動車の音を聞く。

「……次の目標なんかは、あるんですか」

「……恋愛がしたいです」

運転手はそう言い、少し笑みを浮かべた。僕も微笑む。

「きっといいひとがいますよ。……運転手さん、愛嬌のある顔してるし。……ひとの痛みも、知っているし」

「……ありがとうございます」

目的地に着く。僕は料金を払い、タクシーを降りた。タクシーは、また夜の街に入っていく。

2
髪の長い青年

何もない広大な広場に、男が入ってくる。

男は広すぎる空間を歩いていく。一人の髪の長い青年がいる。青年は盛り上がった土のようなところで、力なく座っている。見渡す限り、何もない。

「……ここは？」

男は髪の長い青年に尋ねる。青年は微笑む。

「苦しみの場所です」

「ああ、なるほど」

男は頷《うなず》き、青年とは別の、盛り上がった土のようなところに腰を下ろす。椅子のようだ、と男は思う。でも椅子ではない。ただ地面が、少しだけ盛り上がっているだけだ。青年は男を見てまた微笑む。男はもう一度頷く。

男は髪の長い青年の側《そば》で、長い時間を過ごす。一週間だったかもしれないし、一年だったかもしれない。どれくらい時間が経ったか、もう男にもわからない。ただ青年の近くに座り続けている。風もない。どのような音も聞こえない。ここからは、何も見えない。

「……ずっと疑問だったことがある」

男がそう青年に聞いたのは、二年経った頃かもしれないし、五年経った頃かもしれない。男は緊張している。

「ここが苦しみの場所なら……、どうして、俺以外の人間がいない？」

ここには空もなく、温度もない。ただ地面が広がっている。髪の長い青年はまた微笑む。静かに口を開く。

「あなたには見えないからです」

「見えない？」

「苦しみとは、そういうものだから」

ここは風もなく、どのような音も聞こえない。

「重い重い苦しみに陥った時、ひとは周りの苦しみより、自分の苦しみのほうがつらいと考える。……ひとを羨ましく見る。なぜ自分はこんなにもと」

青年は話し続ける。

「でも本当は、誰もが苦しみの中にいる。それぞれのひとにとっての、それぞれのオリジナルな苦しみの中に。苦しみは比較できない」

青年は微かに手を動かす。

「苦しみは比較できないとわかった時、この風景に道が見え、建物が見える。あなたの日常の風景が現れます」

男の目に微かに道が見え始める。建物も微かに見え始める。近所の風景。何年経っただろう、と男は思う。男はもう、この場所から出る時が来たのだと思う。

「よかったら、あなたも」

男は青年に手を差し伸べる。青年はまた微笑む。

「あなたはここへ来た訪問者です。訪問者は、やがて去っていくことができる。苦しみもいつか消える……、でも僕は苦しみの概念だから。概念そのものだから。概念はここから出ることはできません」

青年の姿が消えていく。男の近所の風景がくっきりと見え始める。自動車の音が聞こえる。

3 或る女

「……黒子《ほくろ》が、多かったでしょう?」

　確かに少し多かった、と男は思う。青のベッドライトが、悪意のある光を女の顔に照らしている。

「見えないところにばかり、増えるの。……わたしが気づかないうちに。男のひとに言われて、気づいたりする」

　女は上半身をくねらせ、肌色の身体《からだ》を見せる。

「ここと か、ここと か……」

　髪をかき上げ首の黒子を見せ、脇の下の黒子を見せ、太ももの内側の黒子を見せる。男は女の身体に現れるその黒い点を見ながら、なぜか軽い眩暈《めまい》を覚えた。行為の最中、時々集中できなかったのは恐らくその黒い点のためだ。その黒達は、男に何かを思い出させようとする。

　男は数日後に、自分が逮捕されると知っていた。無理な金策に走り、あらゆる人間に利用され、手を出してはならない金に手を出していた。すべては自分の小さな会社のためだったが、その会社も失い、男は泥濘《ぬかるみ》の中に身体のすべてで入り込んでいた。通ってきた道を思えば、自殺に見せかけられた自分の死体が、いつ見つかることになるかわからない。これで最後かもしれないとバーで酒を飲み、じっと見つめてきたこの女に、同じ気持ちで声をかけた。

まだ黒子を見せ続ける女の身体を見ながら、自分の人生のようだと思う。いびつな形の積み木が、目の前に浮かぶ。黒く損なわれた土台に何を載せても、積まれていくパーツは歪む。歪んだ先からさらに変色し、積めば積むほど、不安定になる。男は、自分のこれまでの人生の中に、決定的な黒い傷がいくつもあったことを思う。年齢と共に、男の全体は修復がきかないほど歪んでいたのかもしれない。

今回の逮捕は運の問題ではなく、内面の弱さを持ったまま無理にのし上がろうとした男の人生の、しかるべき結果のように思えた。

しかしなぜ自分だけが、と男は思う。自分の人生が黒い傷に覆われているのなら、その黒をぶちまけることはできないか。

「……いまの人生に、未練は?」と男は言う。

「え?」

「いきなりだけど、……どこかに、一緒に逃げようと言ったら?」

自分の分身のようなこの女となら、どこまでも逃げられる気がした。

「……いや」

女はそう言うと微笑んだ。悪意のある青い光が、男の身体を照らす。

「あなたの人生に、わたしは付き合わない」

「……え?」

「あなたの人生が失敗だったとしても、さっきのあなたのセックスは、とてもよかった」

女は立ち上がろうとする。

「だから、あなたが死ぬことになったとしたら、その瞬間に、わたしを思い出せばいい。わたしは、あなたのことを覚えているから」

この女は一体何だろう、と男は思う。女は立ち上がり、男の元から去ろうとする。青い光に照らされた肌色の身体に、黒い点が見える。それはいくつもの墜落した人生の集積のようで、それを取り込んだ女の身体は緩やかにしなり、そのあまりの美しさに、男は息を呑んだ。

この女は一体なんだろう、と男はもう一度思う。女はゆっくり部屋を出て行く。

4 願い

目の前に、赤い服の少女がいる。少女には目や鼻がなく、顔の中央に、小さな赤い口があるだけだった。その口は笑う。世界のすべてを嘲《あざけ》るように笑う。男は恐怖で動けない。少女は小さく、小さく男に言う。――これは警告です。

《気が進まない……》

その少女に会う少し前、男はそう思いながら暗い道を歩いていた。

明日になれば、馬鹿な男を逮捕しなければならなかった。手を出してはならない金に手を出した、馬鹿な男を。そう仕向けた黒幕は別にいたが、今回の件は、明日のその男の逮捕だけで終わりにしなければならない。こういうことは以前から度々あった。警察にも手を出せない存在というものが、この世界にはいる。

《何かの組織に入れば、ひとはそこから影響を受け、少しずつ変化していく。……染まらないとストレスを感じるから。でも俺は、俺のままでいたい。だって正義ってものがあるだろう》

不意に、先月見た死体を思い出す。自殺者で、損傷が激しく、鑑識も苦労していた。男は不快な気分を思い出しながら、しかしふと立ち止まった。鼓動が少しずつ速くなる。右側の折れ曲がった「進め」の道路標識は、さっきも見たのではないか。冷たい汗をかく。そもそも、なぜここを歩いているのか、いつの間にかわからなくなっている。道の先に停まった薄汚れたワゴンも、さっき見たように思う。

その瞬間、男の身体を通過するように、ある映像が見えた。

作業着を着た男が、女を刺していた。倒れていく女の身体。女の目は憎悪に満ち、開いた口からうめき声が漏れた。まただ、と男は思う。疲れてくると、たまにこのような映像が見えることがある。二ヵ月前にも、古い自動車に轢かれたいつの時代かわからない人間が、悲鳴と共に男の身体を通過して消えた。

しかし映像が消えたいま、目の前には少女がいる。顔に口だけしかない少女。男は恐怖で立ち尽くす――。警告？　何の？　男は茫然と少女を見た。

――あなたは、早くいまの仕事を辞めたほうが。

男は驚いたまま目を見開いた。しかし、なぜか不意に懐かしさがよぎり、気持ちが落ち着いていく。男は思わず声を出した。

「それは、明日逮捕する男と関係が？　……俺が、気の進まない逮捕を」

――関係ない。そんな男、勝手に死ねばいい。

少女は口だけの口で笑う。

――その悩みは、あなたが意識のレベルで抱えている問題。私が言っているのは、あなたの無意識における危機。

少女はなおも喋り続ける。

――あなたはそんな体質なのに、死体を多く見ている。……事件の現場を、見過ぎている。あなたはいずれ、取り込まれる。様々な憎悪の跡が、あなたにのしかかる。ここで二十二年前、ひとが殺された。その跡は、こうやっていつまでも残っている。それが見えてしまうほど、あなたはこの世界に近づいている。いずれ、あなたはあらゆる跡に取り込まれ、苦しみ、狂う。

少女は指で、どこかを指す。

――遥か昔から、あらゆる道に憎悪の跡が。ひとは知らず知らず、その上を歩いている。アスファルトで埋めてもその跡は消えない。

「……意味がわからない」

――いまなら間に合う。もう仕事で死体を見てはいけない。

「……なぜ、俺に？」

男は少女の姿の異様さも忘れ、そう聞いていた。少女はやや下を向き、小さく笑みを浮かべる。

——正義感に溢れ、あなたは私を助けたことがある。……あなたは覚えていないはず。……教室の片隅で、私はいつもあなたを見ていた。私はもうずっと前からいないけど、あなたが好きだった。恥ずかしいから、本当の顔は見せない。

少女の姿が不意に消え、男はなおも立ち尽くしていた。俺が助けた？　少女を？　そういえば子供の頃、クラス内のいじめを一度止めたことがあった。その時の子はどんな顔をしていただろう。どんな顔を。

気がつくと、折れ曲がった道路標識も、薄汚れたワゴンも消えている。男は暗い道に一人で立っている。

男はまた歩き出しながら、少女の言葉を覚えておこうと思う。そしてひとまずは、明日逮捕される男が死んでいなければいいが、と密かに願った。

5 惑いの森

皆さんは、人を殺したいほど憎んだことが、おありでしょうか。そういう憎しみを経験した人は、意外と多いと思います。でも、実際に殺害を試みた人は、そうはいないでしょう。今日は、これまで誰にも聞いてもらえなかった私の話を、皆様にしたいと思います。

相手は夫でした。原因は彼の暴力でしたが、普通と少し違ったのです。

彼は怒りを感じているわけでも、酔っているわけでもなく、私に暴力を振るいました。私が苦痛に叫び、もがくのを、笑うわけでもなく、同情の眼差しで見るのです。彼はよく「かわいそうに」と言いました。心から、そう思っているのです。私は意味がわかりませんでした。彼は言います。「かわいそうだから、もっとやるんだよ」性癖ではありません。彼は私を抱こうとしなかった。その代わり、毎晩、私に苦痛を与えるのです。

「苦痛に悶える人間を、その痛みを想像し、心から同情しながら見るのが、好きなんだ」彼は私の腕をねじ上げ、首を絞めながら言います。「同情している、優しい心を持っている自分を意識すると、たまらなくいい気持ちになる」

化物、と言えば、わかりやすいでしょうか。この世界に稀にいる、大半の人が出会うことなく一生を終える、本物の化物。彼は、快楽に震えるように、呟くこともありました。

「かわいそうに」「かわいそうに」。……私は指を折られ、顔を腫らしたまま、友人の手によりこの教団に保護されました。ほら、いま私の目の前にいる皆さんのように、変なバッジをつけた、キラキラした目の人達に、保護されたのです。

施設内では夫に見つかるかもしれない。教団が所有する群馬の保養所に身を寄せました。でも日が経つにつれ、自分の中に、不気味なものが疼《うず》くのを感じました。勘のいい方は、お気づきでしょうか。夫の暴力のことばかり、考えていたのです。あんな暴力はもう受けたくない。なのに、私の中の何かが、醜く疼いていました。確かにここは静かで、皆が優しい。でも、私は彼の元にいて苦痛を感じていた時に、彼と深く繋がっていたのではなかったか。彼のあの眼差し……。私は彼を愛し、抱かれてもいないのに、私は……。

でも、もう一度戻れば、私はいずれ死ぬ。彼に虐げられる、その構図の中にもう一度入ろうとする自分に、そんな異常な自分に、恐怖を感じました。私はなんというか、昔から、破滅に吸い寄せられるような、そういう感覚に悩まされてきました。どうすればいいかわからなくなった時、窓の外の暗がりの山を、そこに立つ無数の木々の群れを見たのです。

私はその暗い森を、その直立した木々の整然とした並びを見ながら、酔ったように、眩暈《めまい》を感じました。その時、私の中に、彼を殺そうという考えが浮かんだのです。私だけがされるのではない。痛みは私だけのものではない。私が彼に与える痛みでも、彼が感じる痛みでも、私はきっと彼と繋がることができる。愛と憎しみのすべてを込めて、彼の命を、むさぼるほどに強く。その無数の木々の連続に、私は吸い寄せられたようになりました。その森は、あとから知ったのですが、地域信仰の、地元の人々に古代から祀られている山の森だったそうです。仏教が日本に伝わる以前からある、土地の神々。酔った私の中に、ある映像が浮かび続けていました。

私が夫を夜道で刺す。そして、作業着を着た男が、私を連れ、一緒に逃げてくれる。作業着の彼は、その後もずっと共にいてくれる存在になる。映像は、あまりに鮮明でした。予知夢。そう思った。森林が、いま思えば神々が、私に与えてくれた啓示。

翌日、私は深夜に保養所を抜け出し、夫を呼び出しました。私の手にはナイフがあった。路上で待っていると、前方から、作業着を着た男が来たのです。驚きました。その男は、啓示と全く同じ姿でした。でも、夫がいない。おかしいと思った時、私はその男に刺されたのです。私は意味がわからなかった。逃げていく作業着の男。倒れていく時、あの暗がりの山の森林が、あの木々が、目の前に浮かんだのをよく覚えています。私は死にました。いまから、二十二年前の話です。

どうです。おかしな話でしょう。なぜあの山の木々は、私にあの映像を見せたのでしょうか。私を騙したのなら、なんのために？　私はいま、あなた達の教義の儀式において、この少年の身体に憑依して、こうやって話をしている。これを信じている皆さんなら、おわかりになるのでしょうか？　私は、単に騙されたのではない、そうではないのだ、と感じています。私のあの死は、あの神々が望んだことなのだと。あの神々にとって、私の死が必要だったのだと。もっと言えば、神々は私を見、欲したのだ。早く森林のひとつに、木々となるように。業《ごう》にまみれた私を、それに相応しいと思ったのだ。私の業を、神々は食し、私の身体も欲した。神々ほど残酷なものはない。あなた達には信じられない話だろうか？

どうしたのです？　もう終わりですか。あの森林から私を呼んでおきながら。私にはもっと話したいことがある。私の業にまみれた人生を、私の憎しみを、もっとあなた達に話したい。私はあなた達に話したい。もう終わりか。私は話したい。

6　誕生

白い服を着た男達が、わたしを囲んでいる。

「取りあえず、この布を持ってください」

わたしは白い布を手に押しつけられ、男達に連れられ狭い廊下を歩く。みな胸に変なバッジをつけ、気味が悪い。宗教に入るのに、試験があるのも妙な話だ。でも、わたしは自らの意志でここに来た。自分の人生から離れるために。

「この部屋に入ってください」

壁も床も白い、四畳ほどの部屋。小さな照明が天井にある。わたしはその部屋に一人残される。声を出しても返事はない。ドアも開かない。

途方に暮れていると、壁に一箇所、黒い染みがあるのに気づく。これを拭けということだろうか。

わたしは跪《ひざまず》き、その染みを布でこする。ひたすらに、力を入れ、いつまでもこする。

右手でこすり、左手でこすり、布越しに爪を立ててこする。もしかしたら、それぞれの信者がいま、それぞれの部屋でこうやって染みをこすっているのかもしれない。

わたしは汗をかきながら、指に力を入れ、腕が痺れるのも構わず、息を乱し両手でこすった。

こすりながら、自分の人生のようだと思う。わたしが歌手として名声を求めたのも、多くの男達に抱かれたのも、すべて自分の傷を消すためだ。わたしの人生は、この傷を消すためだけにあった。母からいらないと言われた傷。父から女として求められてしまった傷。

でも傷は消えない。いくらこすっても消えない。わたしは力を入れ続ける。傷はよりくっきりと、輪郭をはっきりさせていく。次第に染みが黒く輝く。傷は消えない。いつまでも消えない。

どれくらいそうしていただろう。数時間だろうか、数日だろうか。目の前の黒の光沢に、意識がぼんやりとする。急にドアが開いた。バッジをつけた男達が入ってくる。

「傷が消えません」わたしは泣いた。「わたしの人生は」

「……あなたがすることは、この黒い染みを消すことではなく、この黒を磨くことです」

男達が、わたしを囲んでいる。

「その傷を純化し、様々なものを削ぎ落とし、黒い刃物にするといい。我々が欲しいのは、そのあなたの刃物だ」

身体が熱くなっていく。わたしが、必要とされているということだろうか。これまでの人生で、いつもゴミのようにされてきたわたしが。

「黒く、巨大な刃物に。いつか世界に振り下ろすために。我々の仲間と共に、世界を悪意で切るために」

身体が熱い。部屋の照明が、何かの誕生を祝うようにわたしの頭上を照らす。

7 蜘蛛

ベッドの中で、一番落ち着く姿勢を探す。チクチクする足を無視し、右を向き、くの字の姿勢から足を曲げ、目を閉じた。両手を足の間に挟んだけど、違和感があり、右手だけ外す。足のチクチクが酷くなり、もう寝返りもうてない。僕はもう、どれくらいこのアパートの部屋に、こうやって閉じ籠もっているのだろう。

パソコンを壊し、テレビを壊し、ゲーム機も壊してしまった。カッとなってしまったんだ。内面から突き上げてくる違和感を、どうすることもできなかった。パソコンを踏みつけ、ゲーム機をつかみ、テレビ画面に何度も叩きつけた。僕がずっと、皆にそうされてきたように。

天井の隅に、大きな蜘蛛《くも》の巣がある。僕の食べ残した弁当、そこから湧く小さな羽虫を、あの蜘蛛は巣に捕らえ食べてくれる。共同生活。僕は微笑む。でも不意に動悸がし、不安の中で目を閉じる。足がチクチクする。カーテンから漏れる光を、僕はなんとか避けようとする。

マヤカちゃんは、どうしただろう？　僕は気がつくと思い出している。全然売れてなかったけど、僕が好きだった歌手。失踪したとネットで見たけど、もう確かめることはできない。そう言えば、ここから近い海で、男の死体が見つかったニュースもあった。変な宗教の噂も増えてるけど、何か関係があるのだろうか。でも、もうそれらを確かめることもできない。

壊さなければよかった。テレビでもパソコンでもゲーム機でも。どれかひとつくらい、残しておけばよかった。この三つのうち、どれひとつもなく、部屋に閉じ籠もることができるだろうか。人間は、自分の現状を一瞬でも忘れさせてくれるものを、ひとつも持たずにいることができるだろうか。足がチクチクする。頭がぼんやりするのは、何もないからだ。

——僕は。

身体が不意に寒くなる。足を見ると、あの蜘蛛が乗っている。黒く太り、輪郭が曖昧になっている。

——僕は、このまま羽虫だけを食べていたくない。

彼は何を言っているのだろう。蜘蛛のくせに。最近、彼は生意気になっている。

「……なら、どうしたいんだ」

部屋がいつの間にか暗い。

——生きている。僕は。それなら、一度でいい、身体の全体が、震えるようなことがしたい。

「……何が？」

——あなたを食べたい。

部屋の温度が消えていく。彼がここまで饒舌《じょうぜつ》なのは、初めてだった。鼓動が速くなる。経験したこともないほどに。

——小さな羽虫ではない、自分の身体よりも圧倒的に巨大なあなたを、僕の欲望のすべてで、食べ尽くしてみたい。あなたを糸で巻いても？　あなたの肌に歯を立てても？

身体が動かない。

——いいかい？　いま僕は身体が熱い。僕の夢だ。

「……俺の夢は？」

——あるのかい？

「……ある。いや。あった」

——なら……。

「怖いんだ。ひとが。ひとの目が。ひとの圧迫が」

思い出したくない記憶が、僕の中で疼《うず》く。

——それならきみの傷も僕が食べよう。きみを惑わす夢も、きみの過去も、きみのつまらないプライドもすべて。

「……え？」

——全部僕に任せるんだ。きみの育てた憎悪を食べよう。それで僕は黒く太る。この世界を否定しながら、もっともっと太る。きみの憎悪や不安を腹に溜めて、僕は悶えながら輝く。僕はそういうものが大好きだから。

「……だめだ」

——なぜ？

「……僕の問題だから。たとえ闇でも、きみにはあげない」

身体に力を入れると、ベッドが微かに軋《きし》んだ。蜘蛛は僕の足から降り、するすると、壁を登りまた巣に戻った。遠くで廃品回収の呼び声が聞こえる。僕は息を乱している。

食べかけの弁当の容器や割り箸が散乱している。ペットボトルに残った水は、いつのものだろう。壁のヒビが誘うように黒い。脱いだ服が、人間の身体のように散乱している。

散歩くらいできるようになったら、あの蜘蛛は消えるだろうか。僕は大きく、深く息を吸う。カーテンに手を伸ばそうとする。指が震えている。

8 雨宿り

雨が降っている。

郵便局の屋根の下に、女が立っている。

その郵便局は閉まっている。というより、それはよくある郵便局ではない。人々から、局員からも忘れられた、誰もいない郵便局。自動ドアもポストも錆びている。彼女はその屋根の下にいる。傘を持っていない。

女は、雨に濡れてはいけない身体だった。なぜなら、子供の頃から、そう言われ続けていたから。

「おまえは雨に濡れてはいけない。化粧もしてはいけない。人生に喜びを感じてもいけない。死んでしまうから」

若い男が来る度に、外に出されていた汚れたアパートの廊下で、母親からよくそう言われていた。二ヵ月だけ共に住んだことのある、アルコールで顔の変色した、背の低い父親からも。顔も思い出せないクラスメイトからも、学校の教師からも、道行く人々からも。

「おまえは雨に濡れてはいけない。むやみに笑顔を見せてもいけない。いつも汚くしていなければならない。死んでしまうから」

彼女は傘を持っていない。この郵便局の屋根の下に立ち、もう十年になる。

目の前を降り続ける雨を見ながら、彼女は恐怖に震える。《もし嘘だったら、その言葉がただの悪意だったとしたら。でもそれはそれで、恐ろしい。もしそれが嘘だったら、わたしのこれまでの人生はどうなるのだろう》

十年という時間は、短くはない。雨宿りの前、部屋に閉じこもっていた期間を合わせれば、もう二十年を超えている。彼女はいまさら、雨に濡れるわけにもいかなかった。

《もし雨に濡れても、無事だったとしたら。笑顔を見せても、無事だったとしたら》

彼女は考え続ける。《わたしの人生は、わたしの人生は》

一度、白い服を着た、胸に妙なバッジをつけた背の高い男が、傘を持って近づいてきたことがあった。「あなたの傷が欲しい」と男は言った。「その傷は貴重なものです。私達にそれを捧げてほしい」。だけど、彼女は断った。彼女はその彼の白い服の理由も、バッジの理由も知らない。断った理由は、勘のような何かだった。

彼女はまだ屋根の下にいる。傘を持っていない。身体を震わせながら、彼女は下を向き、唇を強く嚙んでいる。彼女は狭く苦しい場所にいる。他人には理解することのできない、彼女だけの苦しみの中に。

そこに、不意にタクシーが登場する。彼女は驚き、目を見開いてタクシーを見る。そんな馬鹿な、と彼女は思っている。タクシーのドアが開き、不器用そうな男が出てくる。傘を持っている。彼女が欲しくて仕方なかった、傘を持っている。

「そんな馬鹿な、と思っていますよね」

タクシードライバーは、なぜか緊張している。

「人生に、ハッピーエンドなんて滅多にない。……ほとんどない、と言ってもいい。私はそれに気づいた時、決めたんです。それならば、無理やりつくってやろうと。ハッピーエンドを」

タクシードライバーは、顔を赤くしている。彼女は、これまでの彼の人生を知らない。しかし、その表情は、人生を不器用に生きてきた男のものに見える。

「もう十分だと思う。僕もあなたも、もう十分だと思う。……乗りませんか。少なくともあなたは、ここを出ることができる」

彼は勢いのまま、話し続ける。

「僕のハッピーエンドと、あなたのハッピーエンドが、同じだといいんですけど」

女はタクシーにゆっくり乗り込む。ドライバーに守られながら。車内の彼女が微笑んでいるのか、ここからは見えない。ただ声だけが聞こえてくる。

「明るい街に行きましょう。……僕達には眩しいかもしれないけど、その辺のカップルみたいに、堂々と」

　声だけが聞こえてくる。

「……お酒を飲みましょう、と言う勇気はないので」

　ドライバーの、決意に満ちたような、大袈裟な声が聞こえてくる。

「どこかで、コーヒーでも」

9 出口なし

男が椅子に座っている。

その椅子に、男は覚えがある。男の人生の中で、確かに一度、座ったことのある椅子だった。しかし、どこの店の椅子だったのか、もしくは自分の部屋の椅子だったのか、男は思い出すことができない。

一畳ほどのスペースに、男はいる。男は狭いところが好きではない。そのことも、男は覚えている。目の前にドアがある。そのドアにも覚えがある。でもそれがどこで見たドアなのか、思い出すことができない。

男は椅子に座り、目の前のドアを見続けている。数時間かもしれないし、数十年かもしれなかった。時間の感覚が失われている。ただ、身体がだるかった。どうしようもないほど、身体がだるかった。男はうんざりしている。自分の人生を、常にそう過ごしてきたのと同じように。

じっとしながら、また数年が経ったような気がする。この部屋は酷く狭い。音もなく、匂いもない。自分が瞬きをしたような気がした時、目の前のドアがゆっくり開く。

男はそのドアの向こうを気だるく眺める。そこには男が座っている。自分と全く同じ人間が、こちらをうんざり眺めながら座っている。

「……そうだと思ったんだよね。……このドアを開けても、どうせそんなことだろうと」

目の前の男はそう言う。同じ一畳ほどのスペースの中で、開いたドアのすぐ向こうで、男と同じ姿勢で椅子に座っている。

「……俺は待ってたんだよ。このドアが開くのを、ずっと」

「……俺は迷ってたんだよ。……このドアを開けるか、ずっと」

二人の男は、お互いを眺めながら黙る。彼らの距離は酷く近い。二人は同じ顔で、同じ服を着ている。

「……あのさ、ドアを開けるなら、引いてくれればよかったんだ。……こちらに押して開けただろう？　そうすると、こっちが狭くなる」

「このドアは押して開けるしかないんでね」

二人はお互いを眺める。

「……嘘だ。爪先に当たるんだよこのドアが。引けよ」

「そういうところだよ。……細かいし、ひとをすぐ疑う」

「何言ってるんだよ。……おまえの顔見てると苛々するんだよ。……目が暗いんだ。口元も……、どうにかできないか」

二人はお互いを盗み見るように、視線を動かしている。

「おまえもだよ。……嘘ばかりついてきた。どれだけの人間を傷つけた？　覚えてるか、あの女のことを」

「……おまえと同じくらいは。他人を幸福にすることからおまえは逃げてきたんだ。挙句の果てに、無理に会社を起こして、やばい金に手を出す始末だ。……ん？　おまえ、覚えてるか」

「……おぼろげに。黒子《ほくろ》の多かった女が部屋を出ていって……」

「……それで、今度は知らない人間達が入ってきて、……胸に変なバッジをつけた奴らが。それで、……ああ」

「そうだ」

目の前の男が息を吐く。

「……俺達は死んだんだ」

男が苛立ちながら、こめかみをかく。

「……なるほど、これが地獄か」

二人の男は、お互いを眺める。うんざりしている。この部屋は酷く狭い。音もなく、匂いもない。

「地獄っていえば、火の海とか、鬼とか想像してたけどな……。とにかく、おまえの人生は失敗だったんだよ。完全な失敗だ。多くの人間を利用し、傷つけた挙句、成功すらしなかった」

「そうだ、おまえはやたらと傷つきやすい。度胸もない。でも野心だけがあった。……自分の存在の不安を、くだらない野心に変えて」

二人はお互いを眺める。

「……なあ、ドアを引いてくれないか。爪先にドアが当たるんだ」

「だから、細かいんだよおまえ」

「引けよ。というか、閉めてくれ」

「……閉められない。俺も閉めたい。でも、一度開けたら、もう閉まらないんだ」

二人の男はしばらく沈黙する。

「……なら、お互いを見ないようにしないか？　我慢ならない」

二人はお互いから目を逸らす。しかし、やはり目の前の存在が気になって仕方ない。どちらともなく、また口を開く。どちらかがこめかみを激しくかき、どちらかが腰のあたりを酷くかく。

「……覚えてるか。おまえが裏切った、あの男を。……え？　どう言い訳する？」

「おまえが言い訳すればいいだろう。あの老人のことは覚えてるか？　おまえが金を騙し取った……」

二人はお互いを眺める。うんざりしている。

「……そうか。これが永遠に続くのか」

10 郵便局で

その郵便局には、届くはずのない言葉が届く。

本人すら、投函した覚えのない手紙や葉書。あらゆるひと達の、誰にも言うことのできなかった言葉、誰にも伝えることのできなかった言葉が届く。その無数の言葉は、この郵便局の局員達によってひとつずつ読まれていく。そして保管される。永久にかもしれない。

たとえば、言わなかった愛の告白。言えなかった謝罪の言葉。自分がずっと抱えていた、苦しくてつらい秘密。知られたくない過去。罪。

《……なぜあなたは、死んでしまったのだろう？　僕はなぜ、三十年もの間、手に入らないものを求め続けることができたのだろう？　そして僕の感情は、なぜあなたが死んだ今も消えないのだろう？　僕はどうしたらいいのだろう？》

《本当は、彼はきみのことが好きだったんだ。あの日も、彼はきみの元に駆けつけようとしていた。でも、僕が妨害した。きみに嘘をつき、彼を警察に密告した。きみを手に入れ、彼を破滅させるために。酷いと思うだろうか？　でも結局幸福になったき

みは、この出来事をどう評価する？》

《僕はひとを殺したことがある。二十二年前。ひとに頼まれて、ある女性を、路上で刺した。僕はその手できみに触れた。僕の子供として誕生したきみに。その辺りにいる父親みたいに。感動した笑顔で》

届く葉書や手紙には、限りがない。この世界には、届かなかった言葉や、誰にも言えなかった言葉が溢れている。それらの言葉の行き先は、用意されていなければならない。この郵便局のように。

でも局員達は、長い年月の果てに、徐々に姿を消していった。局員達は歳をとっていた。目が覚めなくなった局員もいたし、この郵便局のことを忘れてしまった局員もいた。新しい局員は、なぜか補充されることがなかった。最後に残った局員は、老いが迫る中、しかし仕事をし続けた。目が覚めなくなる前に、美しい言葉が欲しいと思った。自分のこれまでの人生を、肯定してくれるような言葉。もう数十年も前の、ある男性からの言葉。彼は自分を置き去りにしたのではないはずだった。きっと、彼は自分に言おうとした言葉があったはずだった。でも、彼女がここで働くようになってから、彼の言葉と思われるものはなかった。

死を前にした彼女は徐々に恐ろしくなり、頼るものがそれだけであるかのように、彼の言葉に出会うために、もう誰もいない静かな郵便局の中で、言葉を読み続けるようになった。

　でも彼女の目は徐々に見えなくなる。霞んでいく視界の中、目にした手紙はこんな内容だった。

《もう僕に祈るのはやめてくれ。僕は無力なのだから。きみ達ももう生きるのはやめてくれ。僕はうんざりなのだから》

　これは何だろう？　彼女は首をかしげた。もしかしたら、神からの手紙ではないか？　神は大勢の人間達が、何万年にもわたって自分に助けを求め、祈り、そして何もしなかった自分を祝福しながら死んでいくのをただ見ていなければならない罰の状態にいるのではないか？　彼女は考えを巡らす。この地上の世界は、ただ、神である彼への何かしらの罰というショウでしかないのではないか？

　彼女はさらに恐ろしくなる。でも、もう局員は自分しかいないのだから、周りの目もなく、きちんと仕事をする必要もないのに気づく。彼女は気がふれてしまったのだろうか？　彼女は職場を放棄し、局員の誰かに読まれ、保管されることになった手紙の倉庫のほうに向かった。まだ自分が読んでいないだけで、彼からの手紙はきっと別の局員がとっくの昔に読み、ここに保管したはずだ。

　彼女はその手紙の海の中に埋もれ、あらゆる言葉を読み続けた。新しく届く言葉は無視されていた。あの時自分が捨てられたのでなければ、自分の寂しかった人生のすべてが肯定されるような気がした。

　でも彼女は、膨大な言葉の中で、少しずつ動かなくなる。他の局員達と同じように。彼女はその男性からの言葉を読んだのだろうか？　恐らく、読んではいないだろうと思われた。なぜなら、動かなくなった彼女は少し微笑んでいたから。なぜなら男性からのものは、本当はその倉庫の中にあり、彼女に言うことのできなかった不平や不満、彼女の死を願う稚拙な言葉が書かれていたから。彼女は読まなくてよかった。でもなぜ彼女は、最後に少し笑っていたのだろう？

　もしかしたら、自分がこれまで、様々な人間から直接言われたり読んだりした美しい言葉だけを、死ぬ前に走馬灯のように思い出したのかもしれない。彼女の人生は、自分が思っているよりも、本当はいいものだった。皆の人生が、大抵そうであるのと同じように。

　この郵便局は、まだこの世界のどこかに存在する。ひとびとの、言うべきだったのに言わなかった言葉や、絶対に言うべきではなかった言葉が届き続けている。たまに人生を踏み外してしまったひと達が辿り着くことはあるが、もう誰も中には入れない。

と
り
ば
の
り
も
こ
そ

11　カロカロ

「カロカロ毒にやられてしまいました」

「カロカロ毒……？」

痩せた循環器科医の前で、女はうなだれている。カロカロ毒にやられてしまったから。

「どういった症状ですか？」

「症状……？　カロカロ毒を知らないのですか？」

「……詳しくは」

女は溜め息を吐く。身体が重そうだ。カロカロ毒にやられてしまったから。

「カロカロ毒は、カロカロの虫から出る毒です。……カロカロの目は無表情です。相手をじっと見るのです。笑うのでもなく、怒るのでもなく。……私はカロカロに刺されてしまいました。助けてください」

痩せた循環器科医はカルテに書き込む。

「カロカロは湿っぽい場所にいます。草とチョコレートを食べます。ひとが通る場所で、じっと待っています。息を潜めて、ずっと、何年も耐えているのです」

女は続ける。

「カロカロが待っていた分だけ、毒も強くなります。私は十年の毒を受けた。カロカロの十年分の苦痛が私の中に」

「……苦痛？」

「そうです。カロカロは苦痛の中でじっとして、人間を待つのです。羽が生えていますが、飛べません。草とチョコレートを食べます。……上手く言えないのです。助けてください」

「……循環器科ではないかもしれません」

痩せた循環器科医は思い切って言う。

「虫ですから。皮膚科へ」

女は頭を下げ、循環器科を出て行く。長い廊下を歩き、受付に行き、場所を聞く。冷たい階段を上がり、また長い廊下を歩き、皮膚科の待合室で待つ。名前を呼ばれ部屋に入る。

「カロカロ毒にやられてしまいました」

「カロカロ毒……？」

痩せた皮膚科医の前で、女はうなだれている。カロカロ毒にやられてしまったから。

「どういった症状ですか？」

「症状……？　カロカロ毒を知らないのですか？」

「……詳しくは」

女は溜め息を吐く。身体が重そうだ。カロカロ毒にやられてしまったから。

「カロカロ毒は、カロカロの虫から出る毒です。……カロカロの耳は聞こえない声を聞き、聞きたくない声を聞きます。……私はカロカロに刺されてしまいました。助けてください」

痩せた皮膚科医はカルテに書き込む。

「カロカロは湿っぽい場所にいます。でも涙を流すことができないので、苦痛を溜めていくことしかできません」

「……苦痛？」

「そうです。カロカロは弱々しい針を持っています。草とチョコレートを食べます。穴の中にいます。夜に……、上手く言えないのです。助けてください」

「……皮膚科ではないかもしれません」

痩せた皮膚科医は思い切って言う。

「苦痛ですから。外科へ」

女は頭を下げ、皮膚科を出て行く。長い廊下を歩き、いくつもの階段を降り、外科を探す。この病院は広い、と女は思う。この冷たい世界と同じくらいに。

12 雨

チャイムが鳴ってドアを開けると、知らない男がいた。

「……廃品、回収です」

男は帽子を被り、顔がよく見えない。袖口が酷く汚れている。

「……頼んでませんけど」

「違うんです」

男は、ばつが悪そうに下を向く。

「本当は、わたしはひとのいらないものを、こうやって受け取りに来る。……でも、あなたの捨てたものが、限界を超えたので。……もうこれ以上は無理だと。どれかひとつでも、逆ということになりますが……、あなたが捨てたものを、引き取ってもらおうと」

なぜ私は、インターホン越しに確認もせず、このドアを開けたのだろう。嫌な予感はしていたというのに。

「……何を?」

「たとえば、あなたの家族を」

私は息を吐く。

「父親でも母親でも夫でも。……もしくは、あなたの思い出でも」

男はしゃべり続ける。鼓動が微かに乱れる。まだ人生が、私を動揺させるものとしてあることに、私は気づく。

「知らない男に呼ばれ、泥酔した母親を雨の中迎えに行った、あなたの赤い長靴を。クラスメイト達に破られた、白いお弁当の袋を。あなたを見ようとしなかった教師達の笑みを」

徐々に雨が降り始める。

「健気《けなげ》に男の帰りを待っていた夜を。昼も夜も働いた日々を。幸福になった友人達を。自分なら男を変えられると思っていた自信を。取り乱した夜を。窓ガラスを割った自分に、驚いて座り込んだ床の冷たさを。通院の日々、その市営バスの窓から見た、寂れた町の眺めを。人生に期待する感情を」

私は目を閉じ、小さく口を開く。

「……じゃあ、死ねということ?」

「それが無理なんです」

男は申し訳なさそうに言う。

「もう、あなたの命を捨てる場所もない」

私は途方に暮れる。

「……だから少なくとも、もうあなたは、この人生において何も捨てることができません」

「……ですね」

「……何も捨てずに、人生を生きるのは無理よ」

男も途方に暮れている。外の雨は、音もなく降り続いている。

「……なら、一度見せて。私の人生の残骸を」

「……平気ですか?」

「わからない。……それで、あなたと一緒に回ることにする。……誰かの何かと、交換できるかもしれないから」

男と共に外に出る。男が優しく私に微笑む。

「……そうですね。傷にも相性がありますから」

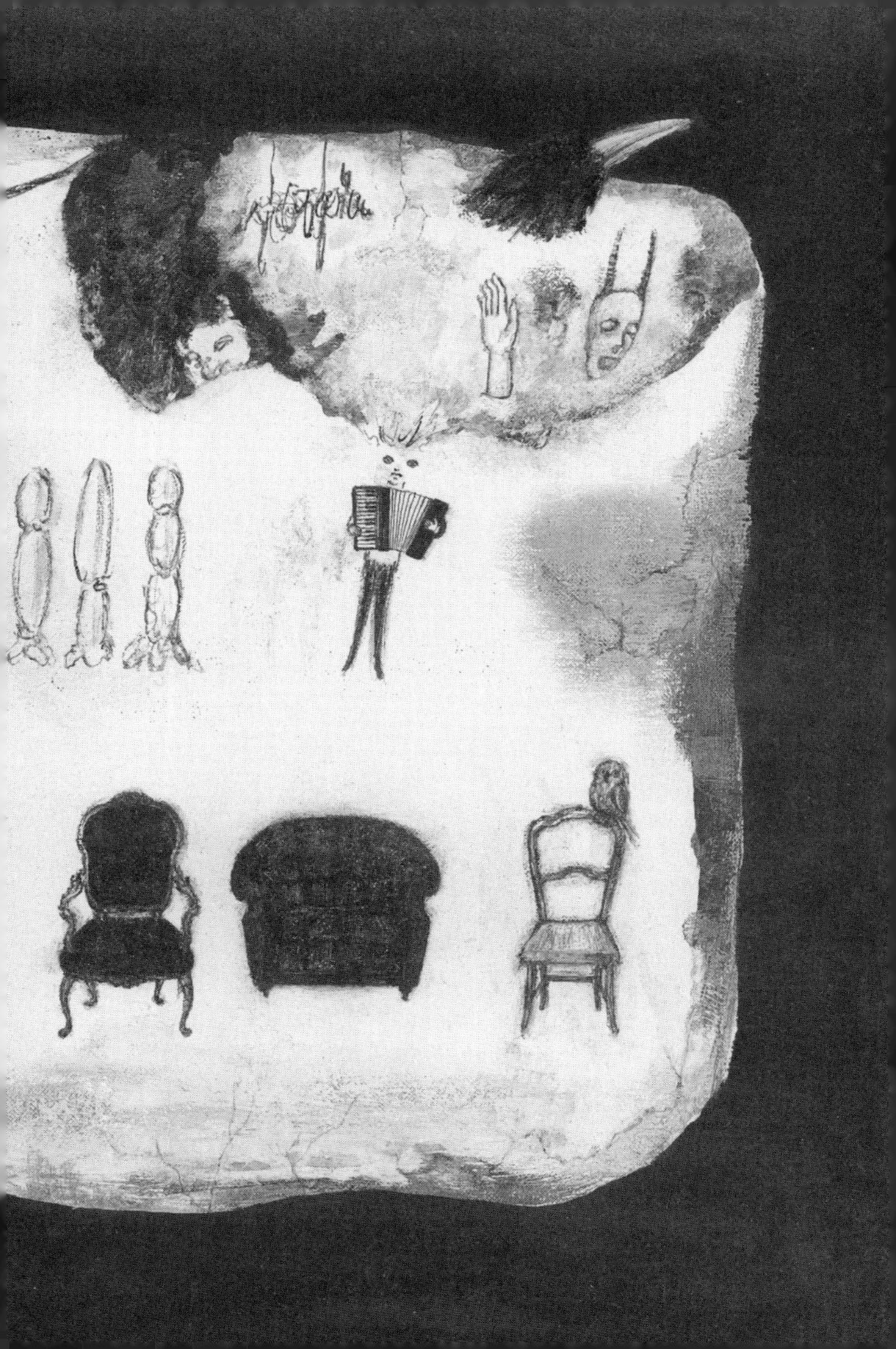

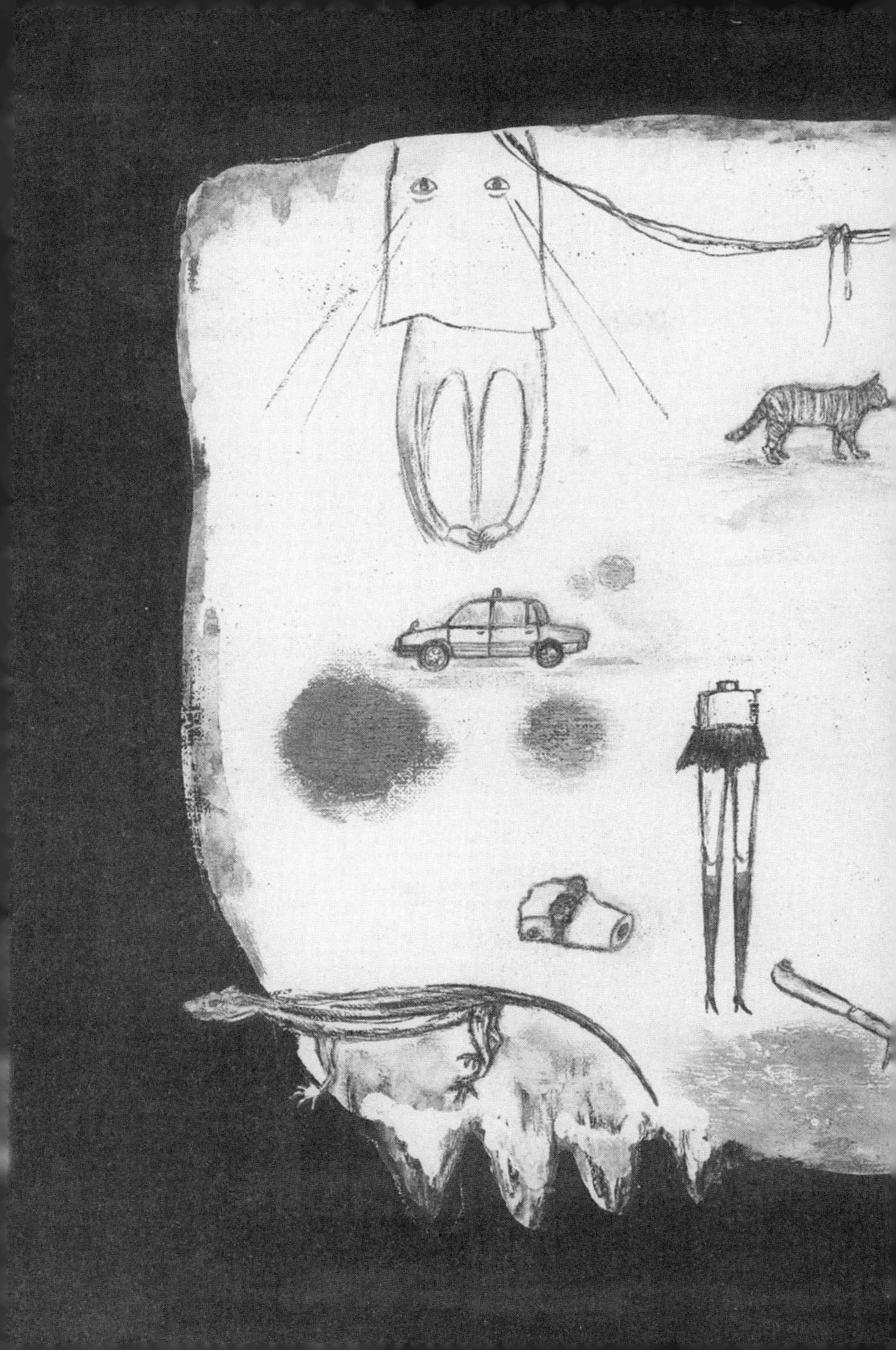

13 老人とネコ

「……メシだ」

老人はネコと暮らしている。トラ柄のネコ。ネコは皿の上に載せられた魚を、不機嫌そうに食べている。老人も同じものを食べているけど、味噌汁とご飯とゆで卵がつく。

「アーオ」

「……ん？　味が薄いか？」

「アーオ」

「変なネコだな。ありがたく食え」

ネコは食べ終わると、柱を引っかき始める。何かのあてつけのように。

「やめろ」

ネコはやめない。

「やめろっつーに！」

ネコは老人の大きな声を聞き、老人を一瞥する。尻尾を立ててしばらく佇んでいたが、やがてふてぶてしく出て行く。開いていた窓から。

ネコは夜になると、またこの窓から入ってくる。


秋が過ぎ、冬になる。冬は寒い、と老人もネコも思う。彼らはお互いに不機嫌なまま、近くに寄り添う。そうしていると暖かい。テレビのスイッチをつける。犯罪のニュースが流れている。

「世間は怖いな」

老人は呟く。

「昔は、そうでもなかったように思うんだが」

でもネコは聞いていない。老人の側《そば》で眠っている。


「……メシだ」

冬のある朝、老人は皿の上に載せた魚を、いつものようにネコの前に出す。ネコは不機嫌に食べ始める。でも老人は食べない。ネコから見えない部屋に移動し、自分だけのウナギ弁当を取り出そうとする。年金が入ったから。でも老人は倒れた。

苦しい。老人は胸を押さえている。これで終わりか、と思う。あっけないものだ。誰もいなかったな、俺の人生には。老人は低い天井をぼんやり眺める。誰もいなかった、俺の側には。孤独には慣れてるはずなのに、死ぬ間際、こんなに悲しくなるなんて。その時、ドアの隙間からネコが来る。老人の側に近づいてくる。

こいつがいたか、と老人は思う。こいつとは、もう何年一緒だろう？　もう老人は声は出ないが、相手が動物なら、心の中で言った言葉も伝わるような気がした。ありがとう。老人は心の中で言う。死の恐怖も、少しは紛れた。一人じゃないと思える。老人は泣いている。ネコがその涙を舐める。泣いているけど、悪い気分じゃない、と老人は言う。ああ、棚にウナギ弁当がある。そいつを食べるといい。ずるしようとしたんだ、すまなかったよ。頑張るんだぞ、頑張れ。これからは、おまえ一人で――。

でもネコは、突然机の上に跳ぶ。そこからさらに跳び、柱のボタンに体当たりする。単身老人世帯のための、緊急ボタン。おい馬鹿、と老人は言う。俺はもう無理だよ、俺はもう。というか、おまえ、なんでそんなこと知ってるんだ――。やがて老人は目を閉じる。

一ヵ月後、老人は病院から帰ってくる。ネコが待っている。ずっとお隣の夫婦に世話してもらっていた。ネコは、また魚だけの日々に戻るのか、という顔で老人を見る。キャットフードのほうが遥かに旨い、という顔をする。老人が魚を出すと、うんざりしたように食べ始める。

「あのさ、まさかとは思うんだが」

老人はネコに言う。

「あの時俺の涙を舐めたのは、まさか、メシの味が薄かったからじゃねーのか」

ネコは答えない。ただふてぶてしく魚を食べ続けている。この野郎、と老人は思う。

次からは、もっと味を薄くしてやる。おまえに塩分などやらぬ。

それから老人とネコは、共に十年生きた。

14　Apple

「これは？」

「りんご」

「違うでしょ？　アップル。言ってみて」

「りんご」

子供英会話の講師は眉をひそめる。この少女は言うことを聞かない。

「アップルでしょ？」

「違うもん。りんごだもん」

「だからね、英語ではそう言うの」

「りんごだもん。英語嫌い」

講師は困り果てる。だから子供は嫌いだ。


少女は子供英会話から帰り、家に着く。だが家には見知らぬ女がいる。いつもは父、母、自分の構図で家族だ。でも家には父のほかに、大人の女が二人いた。

「あのね、みゆちゃん」

母が言う。

「私は今日から、あなたのお母さんじゃなくなるの。新しいお母さんは、あのひと」

母が見知らぬ女を指す。見知らぬ女は少女に笑みを向ける。ひとのよさそうな笑み。

「だからね、ちゃんと言うことを聞くのよ」

「お母さんは？」

「お母さんは、お母さんじゃなくなるの。……わかった？」

少女にはわからない。でも母は出て行く。不思議に思えるほど少ない荷物を持って。気まずそうな父に、見知らぬ女が寄り添っている。まるでこれからの人生を、二人の愛情と善意によって進んでいくとでもいうかのように。少女にはわからない。母の痩せた後ろ姿が遠ざかっていく。


二週間後、少女は再び子供英会話に行き始める。少女はりんごをアップルと言うようになり、かぼちゃをパンプキンと言うようになり、玉ねぎをオニオンと言うようになる。

15 呼吸

老人がベッドで寝ている。

薄く目を開け、天井を眺めている。あらゆる器具から伸びたチューブが、老人の身体に繋がっている。様々な薬品が流し込まれている。

老人の心拍数を示す値は、低いままだ。でも老人は生きている。この世界の暗部を食べ続け、あらゆる権力を握った男だった。老人はもう動けないが、今でもあらゆる人間達から金を吸い上げている。なぜなら、それが老人の生き方であり、呼吸のようなものだったから。老人は呼吸するように無数の人生を墜落させ、時には殺した。

「……始末がついたようです」

部下の一人が言う。老人の命令で、また一人の男が人生を狂わされ、挙句の果てに死んだようだった。

「金が必要な団体がありまして、そこに依頼しました。上手くやったようです」

その男は老人にとって虫ケラのようなものだったが、老人は見逃すことがなかった。虫ケラでも死んだとわかれば、少しだけ気持ちが温かくなるから。その証拠に、今老人の唇は薄く笑っている。
「……では失礼いたします」
部下が部屋を出て行く。部屋には老人だけが残される。心拍数を示すモニター音が、静かに響いている。

老人の脳裏に、後悔や自戒はない。死ぬ寸前まで他人を不幸にしている自分に、満足していた。一人死んだか、と老人は思う。他人の死をコントロールすることには、快楽があった。命を、この世界の成り立ちを、支配する感覚。老人の胸から脳へ、温かな温度が広がっていく。老人は器具に繋がれた細い身体を、快楽で震わせ始めた。まるで交尾を始めた昆虫のように。人生は愉快だ、と老人は思う。彼には警察も手を出すことができない。

老人の心臓はやがて止まるが、恐らく老人の脳裏には最後まで、何かの躊躇も疑問も生まれない。心拍数のモニター音が止まる寸前まで、もしかしたらその後でさえも、人が死んだとわかれば老人は身体を震わせ、薄く薄く笑うかもしれない。老人には悲しみもない。

老人はずっと天井を眺め続けている。あらゆる器具から伸びたチューブが、老人の身体に繋がっている。様々な薬品が流し込まれている。

16 樹木青年

植物になろうと思った。

布団の中で念じてみる。植物になりたい。植物になりたい。そうしていると、驚いたことに、自分のスネ毛が緑色になってくる。

やればできるもんだ。髪の毛まで緑になる。枝分かれして、葉っぱも生えてくる。よし、と思い、僕は外に飛び出す。適当な土を掘り、足を揃え埋まる。

信じられないひとは、やってみるといい。植物になりたいと本気で思い、外に出て土に刺さると本当に植物になるのである。すごい。

徐々に身体が固くなる。植物だから当然だ。胴体が幹のようになってくる。お、これは……。雑草の類《たぐい》ではなさそうだ。木だ。まさに。僕はやっぱりビッグだったんだ。僕は木になるんだ。

「あー、またか」

知らない中年の男が近づいてくる。まさに木になろうとしている僕の側《そば》に。

「つまり、きみはあれだろう？　悩める青年というやつだろう？」

中年の男が僕を見る。

「プライドが高くて、傷つきやすい青年というやつだろう？　きみはつまり、この世界に打ちのめされて、ドロップアウトしたわけだ」

中年の男が笑う。

「最近、多いよな。植物になろうとするやつ。この辺の植物はみんな元々人間だったんだよ。でもよかった、俺がみつけて」

風が強く吹き始める。

「どれ。俺が脳を手術してあげよう。うじうじ考えないですむように。そういう薬もある。どっちがいい？」

男の右手にはメス、左手には錠剤がある。僕の鼓動が速くなる。まだ心臓があるみたいに。

「それでね、俺のような大人にしてあげよう。神経の図太い大人にね。世間というものを理解した大人にね。若い人間を突き落とすことだけを考える、そんな無意味な怪物にね」

「やめてくれ」

僕は叫ぶ。まだ声が出る。

「やめてくれよ。僕は僕の傷が好きなんだ。僕には僕なりの」

「……そのうちわかるよ。この世界のレールから外れたつもりだろうけど、きみはこの世界に負けるんだ。この世界はしつこいから。世界はきみに悪意を与え続けるから」

男が去り、僕は安堵しながら再び念じ始める。一週間が過ぎ、二週間が過ぎる。僕はさらに木になっていく。まだちょっとだけど、足の根っこから養分を吸うことができている。

でもなんだろう？　この感覚は。僕は、寂しいのかもしれない。なんというか、この……。周囲の木々は、暗がりの中でみな沈黙している。それぞれが、それぞれの場所で、それぞれの中で沈黙している。女の子と、話したい。僕は不意に思う。女の子と……。見ていると、前方の道から、女の子が左折してくる。申し合わせたみたいに、運命みたいに。仕事帰りの綺麗な女性。

「ねえ、僕と、少し話を」

女の子が僕を凝視する。木と人間のハーフみたいな僕を。全身が茶色で、首から上に葉っぱがたくさん生えている僕を。女の子が叫ぶ。僕は慌てる。

「僕はね、自分を守りたかったんだ。だって、もうこれ以上は……」

暴れる女の子を、葉のついた枝でくるくる巻こうとする。僕は不意に欲望を感じる。この女の子を、自分の中に取り込みたいと思う。養分みたいに。孤独を癒す養分みたいに。彼女の身体も、彼女のこれまでの人生も、彼女のすべてを僕は吸い込みたい。

でも、枝をちぎられ、簡単に逃げられてしまう。彼女が遠ざかっていく。僕にはもう足がない。彼女を追いかけて謝る足も。

なんだろう、この寂しさは。次第に雨が降ってくる。雨に喜ぶ自分がいる。植物的に。雨が欲しい植物としての自分を感じる。寂しいのに、植物としての僕は雨に喜んでいる。濡れた土の有機物を養分にしている。寂しいのに。雨が——。

大勢の中年の男が、一本の木の前に立っている。皆、笑みを浮かべ、その木をノコギリでザクザク切り始める。木は無数の割り箸になる。それぞれが小さな紙の袋に包まれていく。

その割り箸は様々な店に運ばれていくけど、客の誰からも受け取ってもらえない。エコだからといって受け取ってもらえない。

17 紙

インターホンが鳴る。

——郵便です。

「……どうぞ」

ドアを開けると、郵便局員が立っている。女に手紙を見せ、音を立てて破る。

「……やめてください」

でも郵便局員は新しい手紙を取り出し、また破る。紙を破る鋭い音がする。紙には、女にとって大切なことが書かれている。彼女の人生にとって、とても大切なことが書かれている。郵便局員はその紙を破り続ける。

「やめてください。あ、あ……、やめてください」

——ほら。

「いや」

——ほら、ほら。

「いや、……ダメ」

郵便局員は手紙を破り続ける。女は崩れ落ち、あえいでいる。嬉しそうに。

18 狭い部屋

僕は狭い部屋に入っていた。鳥の剝製がいる。

――また来たね。

鳥の剝製が言う。色のわからない毛に覆われ、細い目を向けてくる。

――そんなにここが好き？

「ええ。どうしても来たくなって」

僕はそう言っている。鳥の剝製が答える。

――そう。……でもそれは、僕が君を呼んでるからなんだよ。

「……え？」

――でも大丈夫。君はこの部屋を出た時、いま僕が言った言葉を忘れるから。

鳥の剝製は僕をじっと見る。

――……あと少しだよ。自分を客観的に眺めるんだ。そうやって、君は君から遊離していく。少しずつ、少しずつ、君は遊離していく。自分自身を、他人のように感じ始める。そうすれば――。

剝製が微笑む。狭い部屋の壁が圧迫してくる。

——君は何でもできるようになる。

僕は細い路地に入り、意味もなく時計を見ていた。まるで何か用事のある男を演じるかのように。不意に声をかけられ、振り返ると男がいた。スーツを着、顔に傷がある。

「……駅はどこですか。車を拾わないと」

男は何か焦っているように見える。僕は今、自分が突然彼の首を殴ればどうなるだろうと考えている。道を塞ぐように立つ彼を、右足で何度も蹴ればどうなるだろうと考えている。鼓動が騒ぎ始める。でもやめる。僕は口を開いていた。

「反対ですよ。向こうの広い道路を真っ直ぐ行かないと」

「そうですか。ありがとうございます」

顔に傷のある男が去っていく。僕が言った嘘の方向へ。駅はすぐ近くなのに。彼を気の毒に思う。身体の中に、温かな温度が広がっていく。

細い路地をさらに入り、崩れた工場のドアを開け、狭い部屋に入る。鳥の剝製がいる。

——また来たね。

鳥の剝製が言う。

——どうして来た？

「何だか、来たくなって」

僕はそう言っている。剝製が答える。

——そう。……でもそれは、僕が君を呼んでるからなんだ。

——でも大丈夫。君はこの部屋を出た時、いま僕が言った言葉を忘れるから。

鳥の剝製は僕をじっと見る。部屋が冷えてくる。

——もうほとんど大丈夫のようだね。僕は君をここから送り出す。この無関心の場所から。

剝製が言う。視界が狭くなり、意識が薄れていく。

——世界の無関心の隙間に嵌《は》まり込んでいる場所は、この世界にいくつもあるんだ。たとえば向こうにある巨大な病院、廃墟になった学校。……ここもそんな場所の一つ。君はこれから世界に復讐する。実は君のような卒業生は、ここから何人も出ている。

僕は欠伸をする。まるで欠伸をしたい人間であるかのように。僕は口を開く。

「……実は、さっき男を蹴りそこなってね」

——男を？

「だから僕の右足が、いま人間を蹴りたくて仕方ないみたいなんだ」

――いよいよだね。路上に出るんだ。路上に出て、君は。

「君は蹴りやすそうだ」

――は？

「君は蹴りやすそうだよ」

僕は鳥の剝製を蹴る。蹴ってはいけないものだと思ったから。爪先で、足の甲で、何度も蹴る。柔らかな感触が足に絡みついてくる。無数の羽毛が飛び、部屋の中に撒《ま》き散らされていく。僕は笑みを浮かべている。僕は冗談で蹴ったのに、鳥の剝製は砕けている。冗談なのに。この鳥の剝製は、何を深刻に砕けているのだろう？

僕は狭い部屋にいる。ここは何だろう。時計を見ると二時だ。会社にも行かず、僕は何をしているのだろう。

急いで部屋を出る。柔らかな感触が、足に絡みついている。

19　Nの憂鬱

夜の町を歩く。

自動販売機を見つけ、缶コーヒーを買う。

これはいつもの習慣。夜、一人で部屋にいると、落ち着かなくなる。自分の意識が澱《よど》んでいき、重さを持ち、下へ下へ、奇妙なゼリーみたいに落ちていく感覚がある。だから、気分を紛らわせなければならない。外の空気を吸い、自分は大丈夫だと言い聞かせて、部屋に戻る。あとは寝るまでが大変なのだけど、それは小説を読んだり、漫画を読んだりして、気絶するように眠るまで努力する。それでも無理なら、また散歩をする。

踏み切りを渡り、細い路地を抜け、T字路を右に曲がる。まるで自分の小説みたいだ、と僕は思う。僕の小説の主人公は、大抵夜に散歩をする。

公園を見つけ、トイレに入る。便器には『赤ん坊を流さないでください』と貼紙がされている。いたずらだろうけど、俺が流れたいくらいだ、と僕は思う。シューっと吸収されて、どこまでも流れていくんだ。スッキリするかもしれない。

駅前の商店街を抜け、大きな道路に出る。目の前をトラックが通り過ぎる。《いま飛び出したらどうなるだろう？》と僕は思う。残念ながら、一瞬、本気でそう思ってしまう。怖いのは、こういう一瞬に、支配されることだ。ぼんやりしている自分の意識をかき集め、僕は道路の白線から、ゆっくり下がる。慎重に、慎重に、ゆっくり下がる。トラックが通り過ぎる。目の前では、もう一人の自分が轢かれているように見える。いま立っている自分を、裏切り者だと罵倒しているかもしれない。

僕は溜め息を吐く。なんというか、今日は最低だ。こんなことばかり思うなんて。疲れているんだ。いろいろなことに。

産業道路のガードの下に、人影を見る。僕は立ち止まってその男を見る。コンクリートの柱の細いくぼみに、その男は直立したまま挟まっている。ありえない。でもそんなありえないシチュエーションを簡単に受け入れるほど、僕は自棄《やけ》になっている。

「あのさ……まじ？」

僕は、その男にそう言う。これは僕の小説のイメージだろうか？　僕は頭がおかしくなっているのだろうか？　いや、まともなはず。まだまとも、と言ったほうが正確かもしれないけど。

「……まじです」と男は言う。

「……すごいね」

「ええ」

男は満足そうにしている。

「あなたも、良かったらどうですか。ほら、私の隣にも、くぼみがあるのです」

僕はその、男の隣の、同じような細いくぼみを見る。そしてそのくぼみに嵌《は》まる。当然のように。

「……いいね」我ながら驚く。

「でしょう？」

男は満足そうに笑っている。気がつくと僕も笑っている。男が口を開く。

「……闇は生きているんです。知っていましたか」

「……いえ」

「闇は、時間の経過と共に濃く、重くなっていくんです。そこに光が届かない時間が長くなるほど、重く沈殿していく。……そして闇の意識は、あなたの小さな意識まで取り込んでくれる。その瞬間はね、快楽です。大きなものに、取り込まれていく消滅の快楽……。あなたなら、惹かれるでしょう」

「……なるほど」

外は静かだ。なぜだかわからないけど、立っている疲れもない。

「あなた、Nさんでしょう？　……新聞で見たことがありますよ。目の下のくまがすごいひとという印象しかないですが。……そのくま、なんですか」

「……ビームが出るんだ」

「……ビーム？」

男はしばらく何かを考えている様子だったが、また口を開く。

「いま、あなたの略歴ができてしまいましたね。……一九七七年生まれ、小説家。デビューから暗い作品を連発し、あらゆる人間達の顰蹙《ひんしゅく》を買う。体育座りが好きで、目の下のくまから時々ビームを出す。河出書房新社との仕事を最後に、あらゆる仕事を放り出して失踪。産業道路のガード下のくぼみに嵌まり込み、出られなくなって死亡。享年三十三歳」

「……最低の人生だ」

「……ですね」

「でもさ、ちょっと気になることが……。あの、これ出られないの？」

「出られないですよ」

コンクリートは、しっかりと僕の両肩に密着している。

「……まじ？」

「何を言ってるんですか」

男はそこで、ひとつ息を吸う。

「あなたはそんな軽い気持ちで、このくぼみに入ったのですか」

ガードの下は暗く、光がない。枯れかけた芝生が辺りに広がっている。僕は鼓動が速くなる。嫌な汗をかき始める。

「……明日、締切があるんだ。マトグロッソの」

僕は不安になってそう言う。あの編集者は蛇のようにしつこい。

「……大丈夫ですよ。その原稿は、ちゃんといまあなたが書いているから。編集者からの度重なるメール攻撃の末に」

「……は？」

「さっきの略歴は嘘です」

外が冷えてくる。辺りの芝生に変化もない。

「……でも、じゃあ俺は？　俺は、えっと、俺なんだけど？」

僕はくぼみの中でもがく。

「……あなたが意識の中でウロウロするとね、あの作家は何をしでかすかわからないんですよ。だから、ここで嵌まっていてください」

男はくぼみから自分だけ出て、面倒そうに息を吐く。

「ちょっといま、あの作家不安定だから」

20 幽霊

「あなた、幽霊、というものを信じますか?」

バーで隣になった男が、話題を変えてそう言う。ほかに客の姿もなく、マスターも交え話していた。男は五十歳くらいだった。生活に疲れた顔をしている。ずっと気になっていたけど、スーツもくたびれている。

「私の娘の話なんですけどね……、もう、何年も前の話です」

男は目の前のカウンターを見つめる。顔に力が入っている。閉じた口の中で、歯を強く噛んでいるのかもしれない。

「……就職して、娘は一人暮らしを始めました。駅から近いのに、酷く安い1DKでした。私にもっと稼ぎがあれば、あんなところに住ませなかった。……そこでね、深夜になると物音がするようになりました。キッチンのほうで」

マスターは表情を変えないまま、水割りを飲んでいる。男が奢《おご》ったから。

「はじめは何かおかしい、と思う程度でした。でもそれが頻繁に続くとさすがに気味が悪い……。霊感の強い友人に、部屋を見てもらったようです。友人が言うには、それほど深刻なものではないが、確かに何かがいるということでした。娘は友人に言われるまま盛塩をします。でも次の日、その盛塩が激しく撒《ま》き散らされていました。嫌がるみたいに」

店の音楽が不意に止む。時計の秒針の音が、微かに響く。

「いま思えば、その時にもう部屋を出ればよかった。でも娘の給料は安く、簡単に引っ越しなどできない。迷っているうち、今度はキッチンに置いていたテーブルの椅子のひとつが、濡れるようになった。徐々に徐々に、ほかの椅子まで濡れていく。……娘はさすがに引っ越しを決めた。でもお金がないから、大家に文句を言おうとしたのです。敷金も礼金も返してもらい、できれば引っ越しの費用も出させようと。気が強い娘でした」

男が息を吸う。

「……でも、大家は強情だった。言いがかりだと受け付けなかった。娘は途方に暮れたのですが、騒ぎを聞いていた同じアパートの住人が、教えてくれたんです。こういうのには、大抵理由がある。そこで昔、自殺があったと」

店の照明は暗い。男は人生に疲労したように、背を丸めている。

「会社の上司との不倫に疲れた女が、その部屋で自殺していたのです。娘は驚くことになりました。なぜなら、娘はその自殺した女と、全く同じ状況にいたからです。娘も不倫に悩んでいた。どうしてもやめられない、上司との関係。しかも、その自殺した女の名前は、娘の名前とよく似ていた。引き寄せられたんだ、と娘は思いました。似たような状況だった自分が、この部屋に引き寄せられたんだと。……普通ならそこで話は終わるのですが、この話には続きがあるのです。……それから、娘は仕事に行く以外、ほとんど部屋から出なくなってしまった」

僕は男を見る。何かを言おうとしたけど、男が僕より先に口を開く。

「……不思議でしょう？　まるでその幽霊が、娘の中に入り込んでしまったみたいに。もう一度自分の失敗した不倫を、娘の身体を使ってやり直すみたいに。……娘はそれから、ぼんやりすることが多くなった。会社でのミスも続いた。でも上司との不倫は続けた。まるでそれだけが生きる目的でもあるかのように。……そしてね、娘は自殺を図ってしまうのです。その自殺した女と同じ方法で、首を吊って。……濡れていた椅子、そのひとつを使ってね。……結局その自殺した女は、自分の自殺までやり直すことになったのです。幽霊というのは、反復なのです。永遠に永遠に、何かを呪い、その行為を繰り返す……。でもこの話には、誰にも知られなかった秘密がある」

男が真剣に僕を見る。

「実はね、幽霊なんていなかったのです。娘に自殺した女の話をした住人の男が、ずっと、合鍵を使って娘の部屋に入っていたんですよ。部屋にいる娘を、押入れの隙間からずっと見ていたこともあった。娘が寝ているベッドの下で、仰向けで、気をつけをした姿勢で固まり、ずっと潜んでいたこともあった。椅子が濡れていたのは、男が座っていたからです。不気味なほど汗をかく男だったから。……その住人の男は、娘を初めて見た時から、自分にまるで本当の娘ができたように愛してしまった。……言ってしまいましたね。その住人の男というのが、私なんですよ」

僕は男を見る。男も僕を見ている。男は酷く汗をかいている。こめかみや額から、水滴となって流れるほど。

「私を糾弾するでしょうか。でもそれは仕方がない。私はこのことをずっといままで黙っていて、でも誰かに告白したいと思い続けていたから」

「あの」

僕は口を開く。何というか、口を開くしかなかった。

「……糾弾、ええ、確かに、それは酷いことだ。あなたは糾弾されなければ……、でも、わからないんですよ。どういうことですか？　あなたはなぜ、彼女に幽霊の嘘を？」

「本当はね、私はただのストーカーだったんです」

僕はマスターを一瞬見たが、グラスを持ったまま、考え込むように目を閉じている。

「彼女の部屋に侵入し、彼女を見つめるだけで満足していた……。でも盛塩を見た時、いたずらをしたのです。怖がる彼女が綺麗だったから。……でも、自分の行為が醜いともわかっていました。だから彼女が大家に文句を言ったあの日、もうやめようと思ったのです。彼女が引っ越していったら、追わずにもうやめようと。でも最後に顔を見たくて、部屋のチャイムを押しました。堂々と住人として」

男の目が開いていく。

「でもその時彼女が、ドアを開けた彼女が、一瞬、私を軽蔑した目で見たのです。こんな姿をした私のことを。ストーカーというのはね、あまりにも対象と近づいているから、親密な関係を築いているという錯覚に陥りやすい。その私の気持ちが、一瞬で崩れた。あの瞬間、私は住人からまたストーカーに戻ったのです。彼女が暗示にかかりやすい女であると見抜いていた。そんな話でもしてやれば、彼女が幽霊に少しは親密な気持ちを抱くようになるとも思った。言ってやったのです。もしかしたら、その幽霊は、自分ができなかったことを誰かに叶えてもらいたかったのかもしれないとね。……それからね、私は彼女の飲み物にこっそり睡眠薬を混ぜるようになったのです。部屋に入り込んで。手に入れた合成麻薬も混ぜて……。彼女がおかしくなるまで、時間はかかりませんでした。元々不倫で不安定にもなっていた。彼女はね、存在もしない幽霊と話すようにまでなりました。人間とは奇妙なものです。自分の不倫の悩みを、存在もしない幽霊に話すのです。泣いたり、怒ったりしながら……。首を吊った時、ザマーミロと思いましたよ。私はその様子を押入れの中で、興奮で震えながら見ていたから。でもやはり彼女が惜しくなって、私は助けました。彼女は命こそ取りとめましたが、意識が戻ることはもうない」

話を聞いているうちに、頭が重くなる。上手く話を整理することができない。でもふとあることに気づき、鼓動が微かに速くなる。

「……で、その女性はいまどこに?」

「気づきましたか。私と暮らしてますよ。元々彼女に身寄りなんてありませんから。……私は完全に彼女を手に入れることになりました。彼女はもう目が覚めないから、あんな目で私を見ることもない」

男が目を細め僕を見る。店の空気が冷えてくる。しかし男が不意に微笑む。

「こんな話を聞かされて、あなた達が私を帰すとも思えない。警察にでも通報されたら私も終わりです。……だからね、あなた達のグラスに入れておきましたよ。睡眠薬を」

男が立ち上がる。その椅子が濡れている。僕は男のスーツをつかもうとしたけど、手が上手く上がらない。マスターは目を閉じたまま、もう動いていない。

「私と彼女の孤独な生活のことを、誰かに言いたかった。……それだけです」

男の後ろ姿が見える。くたびれたスーツ。目が閉じていく。

21
ある日、ツノが生える

男が洗面所の鏡を見ると、頭にツノが生えている。

いつかこんなことになると思っていたが、まさかこのタイミングで生えるとは。男は溜め息をつく。男がデパートのトイレの個室から出て、手を洗おうとした瞬間だった。色は白。模様はない。

男は手を洗い、ツノが似合う髪形にセットしようとしたが、無理だった。でもここはデパートだから、何とかなるだろう。男は着ていたジャケットで頭を隠し、真っ直ぐ帽子売り場へ向かう。トイレから出る時、ツノが引っかかった。痛みがある。ヒリヒリと刺すようで、根本まで痛い。ツノには、柔らか過ぎる神経が通っている。

帽子売り場の店員は、美しく、綺麗な足をしていた。胸に変なバッジをつけているのは、制服の飾りだろうか。自分にツノさえなければ、この子を食事に誘うのに。

「帽子をください」とツノの生えた男は言う。「できれば魔女が被っているような、長いやつ。色は白。ほら、ジャケットも白だし」

女は冷静に、事務的に男を見ている。

「そんな帽子はありません」

「どうして」

「というより、あなたが欲しいものは、多分この世界にありません」

ツノの生えた男は、ジャケットを被ったまま街を歩く。

みんなが見ているような気もするし、誰も見ていないような気もする。男は少し開き直る。懸命に働いていれば、誰だって、頭にツノくらい生えるじゃないか。でも、徐々に歩きにくくなり、気がつくと手が白く、固くなっていく。背中も固い。男はまた溜め息をつく。でも仕方ないじゃないか。俺は俺なりに、頑張って生きてきたんだから。

男はそのまま動かなくなる。男はガードレールになっている。百七十一センチの、白いガードレール。男が着ていたジャケットが、そのガードレールに引っかかっている。

そのガードレールは何かに復讐するように、道の真ん中に立っている。通行人達が避けて通る。迷惑そうに。

22 処刑器具

王の前に、兵士と罪人と技師がいる。

罪人は縄で縛られ怯えている。技師は真剣な表情で王を見ている。技師の唇はなぜか濡れている。

「新しい処刑器具、できているな?」

「はい」

技師が返事をすると、技師の弟子達が巨大な牛を連れてくる。でもそれは牛ではなく、牛の形の鋼鉄だった。

「この牛の中に罪人を入れますと、中は鉛が溶けるほどの高熱になります」

技師は王を真っ直ぐ見続ける。

「同時に、あらゆるところから細い針が伸び始め、全身を貫く仕組みです。ゆっくり、ゆっくり、針が体内に入り込んでくる……。針は体内で枝分かれし、さらに細く人体の中を通過していきます。この牛の中で罪人が叫びますと、それはまるで、実際の牛の鳴き声のように聞こえる設計となっております」

罪人が短く叫び声を上げる。兵士が罪人を押さえる。

「……これは、私の夢です。三十年、処刑器具だけをつくってまいりました。人間にどれだけ苦痛を与えることができるか。その苦痛をどうやって見る者に伝えるか。……完成しました」

「そうか。さすが天才と言われる男だ」

王は無表情で言う。手で合図する。兵士が罪人を無理やり立たせる。

「では、技師を中に入れろ」

「……は?」

王の無表情は動かない。

「おまえの夢なのだろう？　天才のおまえがつくったもののすごさ、芸術のすさまじさを本当に味わうことのできる者は、中に入ったものだけだ。……おまえはこの牛の中で、おまえの芸術のすべてを味わい尽くすことができる。おまえが与えようとした鋭い痛み、趣向をこらした苦痛、自分の叫びが牛の叫びとなって響き渡るその巧妙なカラクリの渦の中に……。どうだ。それが望みだろう」

技師の顔が青ざめる。ガクガク震えながら、でも一歩前に出る。

「……よろしいのですか？　私が」

技師がそう言う。

「このつまらない世界で、私はひとを殺す器具ばかりつくってきました。すべての芸術はここにあると思ったからです。……私は味わえる。この世界の、天才の最大の芸術を」

技師はまた一歩前に出る。

「しかしながら、お願いがございます。この牛が近づいた時、私は怖気《おじけ》づいて逃げ出すでしょう。ですから、いまのうちに私の身体を押さえつけてください。この機会を逃すわけにいかない」

王の合図で兵士が技師を押さえる。牛の体がふたつに開かれていく。無数の針、沸騰しながらうごめく鉛が見える。技師は恐怖で暴れ始めるが、兵士がしっかり押さえている。

「なんという恐怖だろう……、こんなすさまじいものを、私は……、素晴らしい、素晴らしい……、助けてくれ、誰か！」

技師は牛の中に入れられ、レバーが降ろされる。牛の鋭い叫びが響く。歓喜のように。

23 公園の女

公園で、女がベンチに座り、たくさんの鳩にエサをやっている。

パンのくずに、鳩が群がっている。足と首を同時に動かしながら、地面にクチバシを突き刺すように、ひたすらパンくずをついばんでいる。

でも一羽だけ、パンくずを食べることができないでいる。背中に、白い部分のある鳩。

《おまえにはやらない。おまえはダメだ》

女は、その一羽だけ食べられないように、巧みにパンくずを撒《ま》いている。その鳩はうろたえている。ほかの鳩は食べているのに、どのように動いても、自分だけ食べることができない。

《どうだ？　ほかの者達がエサを食べている中で、自分だけ食べられない気分は？》

女はエサを撒いている。無表情で。

《おまえはメスだろう？　いやらしい。いやらしいおまえにはエサはやらない。来るな、ほら》

女はようやくパンくずの側《そば》まできたその鳩を、足でどける。的確に。
《いやらしいおまえにはやらない。おまえは汚らしいから》
ほかの鳩は、エサを食べ続けている。食べられないその鳩が、女に向かって懇願する。
《エサをお恵みください。お願いします》
《だめだ。おまえはいやらしいから》
女はエサを撒き続ける。その鳩以外にだけ。
《お願いします。申し訳ございませんでした。私が悪かったのです。あなたのほうが綺麗です。私は汚いんです》
《そう、おまえは汚い。汚くて若くていやらしい。おまえのそのいやらしいところを切断するんだ。そうしたら、エサをやってもいいかもしれない》
《はい、切断いたします。もうあのようなことはいたしません。私は遊ばれていただけですから。当然のことですが、あなた様が一番なのです。私はただつまみ食いをされただけなのです》
辺りの草木が、風で微かに揺れる。女は気だるくエサをやり続けている。
《そう。おまえなんて大したことはない。二度と近づくな》
《申し訳ございませんでした。二度と近づいたりいたしません。ですから、エサをお

恵みください》
《本当にそうするか？》
《はい。二度と近づいたりいたしません。ですから、お願いです、エサを》
《だめだ、おまえにはやらない。おまえだけには》
公園で、女がベンチに座り、たくさんの鳩にエサをやっている。日が傾いていく。

24
肩こり

肩がこっている。
重くて、重くて、仕方なかった。
引き出しから湿布を取り出し、白いブラウスを脱ぎ、肩に貼ろうとする。でも、湿布を近づけると、肩がヒクヒクと震えた。嫌がっている、と彼女は思う。肩が、嫌がっている。彼女は湿布をあきらめ、ベッドに横になる。

彼女はぼんやり天井を見上げる。家電の量販店で、マッサージチェアに座った時もそうだった。チェアに座っただけで、肩は怖がるように震え、実際にスイッチをオンにすると、シクシク泣いた。肩は無抵抗に、ただ泣いているだけだった。彼女はあきらめて立ち上がる。肩はまだ泣いていた。迷惑な自分を謝罪するみたいに。

どうすればいいのだろう？　この肩を抱えて。思えば、この肩は、彼女の人生が産み出したものだった。つらい仕事をいつまでも辞めようとしないから。なぜ辞めないかというと、あのひとが同じ職場にいるから。奥さんと別れると言った、あのひとがいるから。私をいつまでも傷つける、あのひとと別れようとしないから。あのひとも私を傷つけながら、自分も傷つきながら、生活を壊しながら、私と別れようとしないから。

次第に、彼女はこの肩こそ、あのひとが私にくれた苦痛なのだと思う。あのひとと繋がっている、証《あかし》だと思ってしまう。気がつくと、肩は意志を持ち始めていた。治そうとすると、シクシクと泣く。

暑い季節になり、彼女は決意し、マッサージ店へ行く。店主の若いマッサージ師は、胸に妙なバッジをつけていた。綺麗な顔。あのひとに似ている。

「……私が暴れても、肩を治してください」

彼女の言葉は奇妙だった。でもマッサージ師は、静かにうなずく。店内はクーラーもきいていない。マッサージ師が、彼女の身体に触れていく。綺麗な指。なぜか身体が熱くなる。

「……もっと、こるといいですよ」

「……え？」

「滅茶苦茶に、こってしまえばいい。……私も、あなたの傷を引き受けるから」

マッサージ師は彼女にキスをし、彼女の服を脱がしていく。彼女はなぜか、抵抗する気が起こらなかった。その時のセックスは、彼女の生涯の中でも、もっとも素晴らしく、悲しいものだった。その夜、彼女はそのマッサージ師と四度セックスをした。彼女の肩が鉛色に変わる。マッサージ師の肩も赤黒くなっている。

《私は、あのひとのことも、この彼のことも、もう離すことができない》

マッサージ師の隣で横になりながら、彼女は思う。

《いつかこの肩が完全に固まれば……》

彼女はまた、天井を見上げる。

《私の血管を締め上げ、殺してくれるだろう》

25
散歩

僕はベッドの中で、深夜の街の中を歩く。

玄関のドアを開け、階段を下り、マンションから出る。駐車場を通り、猫に視線を向けながら暗い路地に入る。いつもの近所の風景。自動販売機のほのかな光が見える。坂を下ると民家の群れがある。

真っ直ぐ進むと公園が見える。ブランコが動いているような気がしたけど、目を向けず歩く。月は出ているだろうか、と思った時、前方に女の姿が見える。女は僕を少しだけ見て歩き始める。ついてこいというように。

僕はベッドの中で不安になる。でもいい、僕はついていく。女はどんどん細い路地に入り込んでいく。女には見覚えがあった。僕はどこかでこの女に会っている。短いスカートから、内股の足が伸びている。女がまたこちらを振り返り、僕に何かをそっと投げる。ナイフだ。女は僕を見て微笑む。我慢するなというように。鼓動が速くなる。女が右折したので、僕も続いて右折する。でも女が消えている。この道は見たことがない。

引き返そうとしたけど、帰るはずの道も見覚えがなかった。やみくもに歩くけど、どの道にも見覚えがなかった。こんな赤い屋根の家があっただろうか。こんな公衆電話があっただろうか。月の光を反射して、ナイフが白く光っている。不意にその公衆電話が鳴る。深夜の暗い空気の中で、その音は鋭く響いた。受話器を取ると女の声がする。女が笑っている。もっと先まで歩けと僕を笑っている。僕は息を呑み、静かに笑みを浮かべる。でも意識が薄れていく。遠くまで来すぎたから。

ベッドの僕に戻れば、路地の僕が消えてしまう。路地の自分に戻れば、もうベッドの僕は目を覚ますことがない。

どちらが楽しいだろう。

26 片隅で

この街にはコンクリートが多い。

一匹のセミが、コンクリートの壁にとまっている。セミはずっと、壁にとまり、建物の隙間を縫うように飛び、また壁にとまっては離れるという行為をくり返していた。建物の群れは迷路のようだ。セミは疲れている。

もちろん、セミは自分がとまっているのがコンクリートであるとは知らない。ただ、ここではないという、漠然とした違和感はあったかもしれない。本能の趣くまま口を壁に突き刺そうとしても、硬くて刺さらない。壁から樹液は出ない。セミは混乱している。

ここまで来るのに、長い年月を土の中で過ごした。地上に出、成虫になった時、解放の感覚は確かにセミを捉えていた。羽と風で自分の身体が宙に浮き、飛んでいく。

セミは、漠然と世界が広くなったのを感じたかもしれない。

でも、セミは木にとまることもできず、コンクリートの群れに迷いこんでしまった。硬いコンクリートに囲まれ、身体が疲れている。もちろんセミは自分の状況を客観的に見ることができない。長い年月を暗い土の中で過ごし、地上に出た結果がこれなのかとは思っていない。ただ、漠然とした不条理を感じていたかもしれない。不条理と、悲しみを。世界が自分に与えたものは、なぜか硬くて残酷で恐ろしいと。

このセミがいまとまっている壁の向こうには、白い服を着、バッジをつけた人々が集まっている。

見た目からはわからないが、組織の中でも、上層部に位置する者達。彼らは、なぜ教祖が行方不明になっているのか、バッジをつけたまま教団から出、独自に動き始めた者達をどうしたらいいのか、そして何より、奇跡の日にはどうしたらいいのかを話し合っていた。このままでは、大変なことになる。彼らは途方に暮れている。でもそんなことは、このセミには関係のないことだ。

やがてセミは力尽き、コンクリートの地面に落ちる。セミは狭い視界の中に、ぼんやりとアリの姿を捉える。セミの身体に電流のようなものが走る。恐怖だ。なぜこんな小さな相手に恐怖を感じるのか、セミにはわからない。これが恐怖なのかもわからない。理由は、アリを敵と思うほどセミが弱っているからだが、セミにそんなことはわからない。

アリが近づいてくる。自身が食物になることを、セミは理解できない。セミの体内には危機を知らせる感覚が走り続けている。アリは黒く、力に満ちている。アリが近づいてくる。アリは容赦がない。その黒い数はどうやら一匹や二匹ではない。

その時、雨が降る。雨の重い水滴がセミを酷く濡らす。すべてが終わりそうになった時、セミは不意に飛んだ自分に気づく。身体に、わずかに力が蘇っていた。水のおかげだが、セミにはそんなことはわからない。

これは木だろうか？　夢中でとまったが、もちろんセミにはわからない。ただ、もう尽きかけた命の中で、自分の口がきちんと刺さり、求めていたものが体内に入ってくることはわかった。ああ、とセミは思ったかもしれない。『これだ、これなのだ。わたしは生きた。ちゃんと生きた』。セミは、そう感じたかもしれない。セミの命は尽きかけている。でもオスのセミが彼女に近づく。このセミはメスだったのだ。彼女は何が起きているのかわからない。オスが自分に、しっかり近づいてくる。

これから何が起こるのだろう？　このオスは、自分に何をするのだろう？　彼女は期待したかもしれない。このたくましいオスの姿に。

やがて彼女は、大きな快楽を感じることになる。

27 Nの失踪

旅というより、知らない街に行くのが好きだ。

観光地には大して興味がない。そこが知らない場所であればあるほど、日本から遠ければ遠いほどいい。その理由に、三十四歳になってようやく気づいた。〝部外者〟という感覚が好きなのだ。

そこに自分が属していないという意識は、自分が〝観察者〟であるという感覚をより大きくさせる。それは人生が、体験するものではなく、観察するものであるということに――何かと苦しい自分の人生も、体験するものではなく、本当は観察するものであるという錯覚に――自分を包んでくれる。たとえ錯覚だとしても、そう感じられれば、少しだけ気分が楽になる。それがいいのだろう。

《精神的な強さとは、鈍感さだろうか?》
《どうして僕の言葉は、自分が存在するための言い訳のようになるのだろう?》
《なぜいつも、人生をやり過ごすように生きてしまうのだろう?》

《希望とは、妥協だろうか？》

いま、僕は知らない国の知らない街を歩いている。深夜であるのはわかるけど、いま何時かは知らない。ウダウダと、考えながら歩いている。この次の角を左に曲がり、その次の角も左に曲がり、携帯電話を投げ捨ててみてはどうだろう？　そしてさらにどこかへ行き、そのまま消えるのだ。僕は別の人間になっていく。静かに、ひっそりと。

スカンジナビア半島で船渡しになったり。アメリカ合衆国で清掃員になったり。インドでバイクタクシーの運転手をやったり。韓国で日本料理屋の店員になったり。

そこまで考えて、少しだけ笑う。そんな勇気もないのに、また考えている。いつもの癖だ。本当に怖いのは、こんなふうに考えなくなること。気がついたら何かの飛行機に乗っている、そんなふうになった時。でも恐らく僕はそうならない。度胸がないから。

我ながら情けない溜め息をはき、取りあえず目の前の角を左に曲がり、その次の角も左に曲がる。公園の低いフェンスをぼんやり見た時、黒い影が視界に入る。死にかけた何かの虫が、その緑のフェンスの柱を登っている。

自分の人生の最後に何かを目指すように、その虫は登っている。しかしその柱の頂上には、少しサビた染みがあるだけだ。僕は彼に、その先には何もないと教えるべきだろうか。きみが望んでいるものなどその先にはないことを、教えてやるべきだろうか。でもどうやって？　相手は虫だ。惨めな虫。

僕はその続きを見たくなくて、目を逸らし歩き始める。何もないと絶望して死ぬ存在など見たくない。でも、もしかしたら、彼は頂上から最後に少しだけ飛ぶのかもしれない。空中で自分の人生を祝福し、羽に外灯の光を小さく反射させ、微かに美しく光って散るのかもしれない。

僕は振り返ろうと思ったけど、思い直してやめる。目の前に自分のマンションが見える。

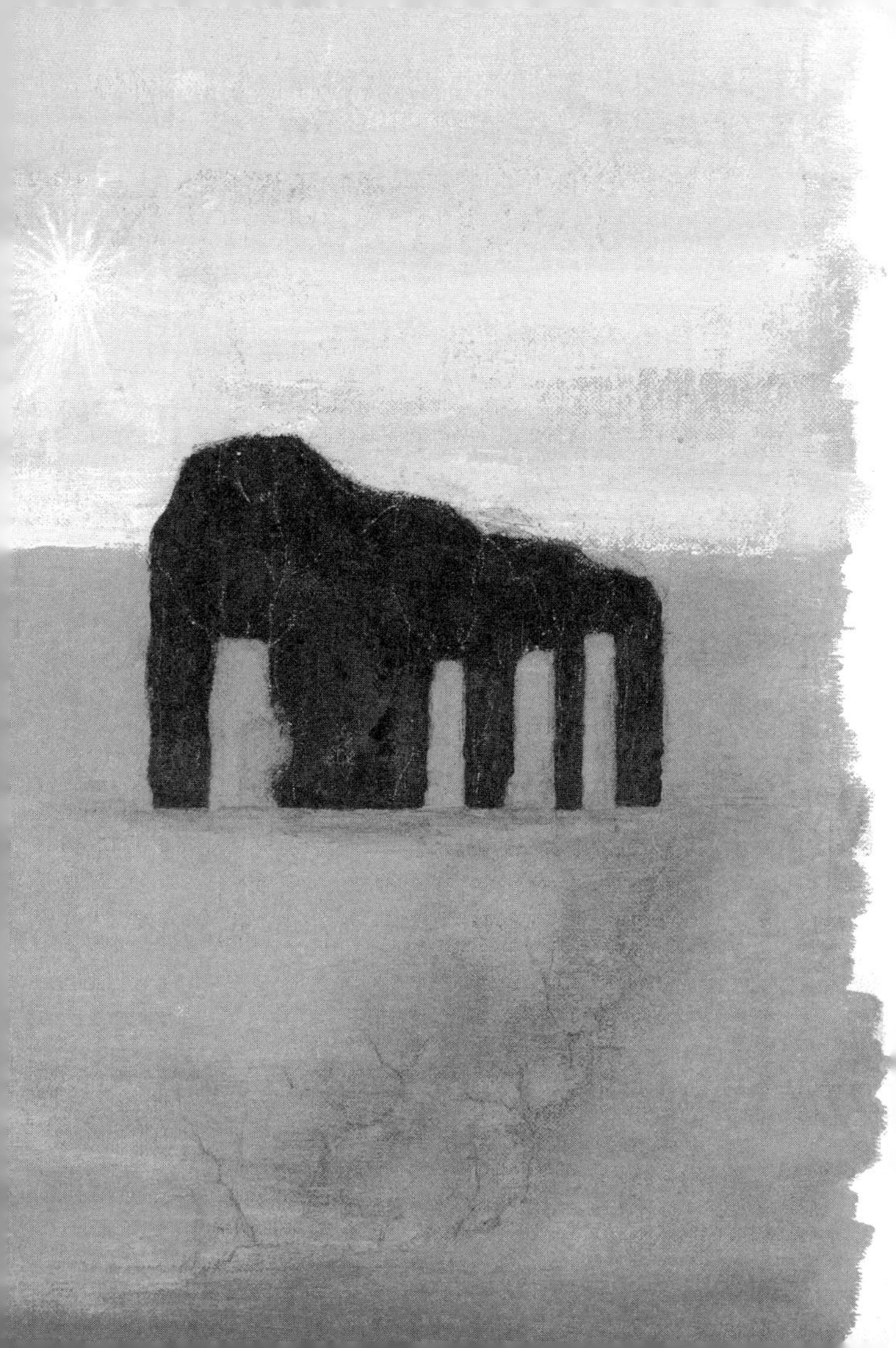

28 クマのぬいぐるみ

ユカリさんが泣いている。

またた、とクマのぬいぐるみは思う。ユカリさんは男運が悪い。きっとまた騙されたんだ。ユカリさんはぬいぐるみをつかみ、ぎゅっと抱きしめる。

「もう、これが彼氏だったらいいのに」

ユカリさんは思わず呟く。本当に、そうだったらいいのに、とぬいぐるみは思う。でも自分はぬいぐるみだし、オスかメスかもわからない。

ユカリさんはクマのぬいぐるみを棚に戻し、友人に電話し始める。相手はきっとユリエさんだ。時々この部屋に遊びに来るひと。電話をしながら、ユカリさんはまた泣く。なんだかな、とぬいぐるみは思う。もう何度、こんなユカリさんを見たかわからない。

でもある日、ユカリさんが男性を部屋に連れてくる。ぬいぐるみは、全身を覆う毛や、内部の綿が激しく震えるのを感じる。これはよくない。ぬいぐるみは感じている。この男は危ない。ポケットに奇妙なバッジを入れている。ユカリさんは男性に微笑み、男性も微笑み返す。でも、こんな冷たい笑顔を、これまでぬいぐるみは感じたことがなかった。ぬいぐるみは映像を見る。人間の視神経では見ることのできない映像。この男が、ユカリさんを何度も刺している映像。無表情で、馬乗りになって、何度も刺している映像。なんとかしなければならない、とぬいぐるみは思う。ユカリさんが五歳の時、自分は彼女のぬいぐるみになった。大切にされていた。ずっと一緒にいる彼女を、守らなければならない。

男性が帰り、ユカリさんが眠りに入った時、クマのぬいぐるみはある暗闇を呼び出す。二十年以上この世界に存在した物体は、暗闇と繋がることができる。暗闇は深く、危険だ。ひとでもなく、物でもない。暗闇と呼ぶことしかできない。

——お願いがあります。

ぬいぐるみは呟く。

——あの男を、彼女から遠ざけてください。

暗闇は何も言わない。ぬいぐるみは続けるしかない。

——ずっと彼女と共にいました。彼女を助けたいのです。

——なら。

暗闇がようやく、面倒くさそうに言う。

――きみは破壊されなければならない。この世界の秩序は見返りを求める。

暗闇は続ける。

――きみの望みは、きみが破壊され、彼女がきみなどはじめから存在しなかったように忘れることで叶えられる。彼女がきみの犠牲を知ることはない。彼女ときみの思い出も全部消滅する。

クマのぬいぐるみの目に、涙が滲む。

――それでいいです。

――本当に?

――彼女が好きなんです。僕はメスかもしれないけど。

――とても痛いが。

ぬいぐるみはもう一度泣く。

――お願いします。

――なら早いほうがいい。

クマのぬいぐるみは破壊される。粉々になり、吹き飛び、ユカリさんの部屋を綿や生地で酷く汚す。目覚めたユカリさんは泣いている。でも自分がなぜ泣いているのかわからない。

ユカリさんは三年後、別の男性と結婚する。ユカリさんは外見の面で妥協した。でも男性はひとがよい。収入はまあまあ。

机を整理していた時、ユカリさんは写真を見つける。見覚えのないぬいぐるみが写っている。部屋で友人達と撮った写真。

ユカリさんはなぜか、この写真は自分が一生持っていなければならないと思う。彼女はそれから、ぬいぐるみを買っていない。

29 巨大なボール

巨大なボールが横から落ちてくる。

速度は遅いのに、僕はよけることができない。押されて壁についた僕を、巨大なボールはさらに押してくる。ボールには弾力がある。僕は壁とボールに挟まれる。押されて苦しいのに、何度も吐いたのに、身体は潰れない。

窒息させてもくれない。

30

博物館

役目を終えた物達がここに来る。

小さな自転車。家族が囲んだテーブル。使われなかった新幹線のチケット。何かの器具。鳥の剥製。クマのぬいぐるみ。指輪。遊園地の残骸。ここは役目を終えた物達の博物館だった。男が一人で働いている。埃をはたき、アルコールで消毒し、寂しげな物達に話しかける。

大量の毒のカプセルが来た時は、男も少し驚いた。でも男はその巨大なカプセル達の埃も取り、話しかけた。カプセル達は泣いていた。早く毒を撒きたいと泣いていた。それは仕方のないことだった。なぜなら、カプセル達は、遠い紛争地域の工場で、毒を撒き散らすために作られていたから。それができずに、カプセル達は苦しんでいた。そのように思うことしかできない。早く、早く。カプセル達は泣き続けていた。男はただ自分も泣いてやることしかできなかった。

ここをひとが訪れることはほとんどない。でも男は物達を受け入れ、保護し続けた。いらなくなった物達の世話を、誰かが引き受けてやらなければ。でも先日、大勢の人間達がこの博物館に入ってきた。バッジをつけ、白い服を着た男達が、この博物館を訪ねて来た。彼らが引き取っていったのは毒のカプセル達だった。これでカプセル達も、役目を果たすことができる。物にとって、役目を果たせないことが最もつらいことだから。

ゆっくり荷台が入り、そこには女が乗せられている。たまに人間も物としてここに来ることがある。男は無表情の女を降ろし、服を脱がし、アルコールでその身体を丁寧に拭いた。男の目には、彼女の身体は眩しすぎた。こんな素敵な女性が、この博物館に来なければならないなんて。

──よかったら。

男は小さな声で言う。

──僕と暮らしませんか。二人でこの博物館を。

それからこの博物館は、一組の夫婦によって保護されることになる。でも、次第に男は物達に話しかけなくなった。彼には今は妻がいたから。妻が愛しくて仕方なかったから。彼女との時間を、一刻も無駄にしたくなかったから。彼らは博物館の脇の小部屋で、一日中愛し合うことになる。物達は泣き始めた。でももう、物達の世話をする者はいない。男は新品のテレビを買い、妻と共に幸福に眺めた。博物館には今でも、無数の物達が届き続けている。

物達の泣き声は大きくなっていたが、誰も気づかない。近い未来、この空間には亀裂が入り、物達は世界へ溢れ出すことになる。

31
靴

「合わないです」

「……そうですか」

女は木箱に腰かけ、靴を試している。白のスニーカーを、残念そうに返す。靴屋の老人はスニーカーをそっと戻す。

女の周りには、試された靴が溢れている。白いハイヒール、スエード調のサンダル、リボンつきのミュール、茶色のウォーキングシューズ、ベージュの踵《かかと》の低いブーツ。

「……足が痛いのです。このままでは、アスファルトの道を歩けない」

「ええ、これはどうですか」

老人は青のラインの入ったスニーカーを渡す。でも女には合わない。

「……すみません」

「いえ」

「……私の足は、変わっているのです」

女は木箱に腰かけながら、途方に暮れる。

「アスファルトは硬い。硬くて冷たい。靴がないと」

女は泣き始める。黄色いマフラーをしている。

「私の足がおかしいから。私の足がおかしいから」

試した靴が並んでいる。白のバスケットシューズ、革のフォーマルシューズ、オレンジのビーチサンダル。二十三センチ。二十四センチ。

「私は、私は」

女は泣きながら、自分の腕を強くかき始める。赤い痕《あと》がつく。赤く激しい痕に血が滲み、溢れるように流れていく。老人はそっとその腕を押さえる。

「大丈夫ですよ。あなたに合う靴はある。ゆっくり探せばいいのだから」

老人は微笑む。

「あなたが知っているより、この世界は広い」

32 祈り

町の中心に、長いハシゴが伸び始める。

あのじいさんだ、と町の人々は思う。ああいう奇妙なものの原因は、この町では、大抵その老人の仕業だった。近寄ると、やはりハシゴはその老人の家から伸びている。

老人は、近所でも有名な風変わりな男だった。発明が趣味で、以前にも風で動く自転車をつくると言いあまりにも速度が速すぎたり、犯罪を予防する薬をつくったと言い、近所の大学生に無理やり飲ませ食中毒を起こさせたりしていた。木片や、鉄、プラスチックの固まり。老人の家は、町の人々には意味のわからない物で溢れていた。

しかし、今回はハシゴだった。竹でつくられ、でも奇妙に真っ直ぐ伸びていた。老人は、懸命にそのハシゴをつくっていた。汗をかき、頭にタオルを巻き、竹を組み合わせロープで縛っていた。

「ばあさんを呼びに行く」

様子を見に来た町の人々に、老人はそう言った。老人の妻は、昨年の冬に亡くなっていた。ハシゴは、真っ直ぐ上に伸びている。

「春にはくズボンが、どこにあるかわからん。だから、これを登ってばあさんに聞きに行く」

町の人々は驚いた。このじいさんは、何を考えているのだろう。でも、放っておくわけにもいかない。こんなハシゴを登れば、老人は怪我をしてしまう。町の人々は止めたが、老人は聞かない。仕方ないので、老人の部屋の中を引っ掻き回し、春にはくズボンを見つけてやった。迷惑はしていたが、町の人々は、この老人のことが好きだった。老人はそのズボンを見ると、少し落ち着いたように見えた。

それから、老人は静かになった。あまりにも静かなので、町の人々は逆に不安になった。様子を見に行くと、老人はずっとテレビを見ていた。毎日、毎日、老人はテレビだけを見ていた。そしてある日突然、そのハシゴの周囲を、木や鉄や布で固め始めた。それはどんどん分厚くなりながら、真っ直ぐに伸びていった。

「世界でつらいことがあった」

老人は、小さな声でそう言った。

「そして、日本でもつらいことがあった。この塔が」

老人は、町の人々に対して説明した。

「いまの三倍に伸びた時、願いが叶う」

町の人々は、ぼんやりと老人を見ていた。奇妙な行為だが、誰に迷惑をかけるものでもないし、老人はきちんと足場をつくりながら作業を続けたので、町の人々は何も言わなかった。老人は、塔をつくり続けた。一メートル、二メートル、三メートル。老人はつくり続けた。

その塔は、老人の無骨な手から生まれたとは思えないほど、美しい物だった。なんだか、本当に、奇妙な力でもあるのではないかと思えるほど、真っ直ぐ、真っ直ぐ伸びていた。町の人々は次第に、塔はどれくらい伸びたのかと、噂するようになった。先日見に行った者の話では、もうかなりの高さまで伸びているということだった。

「何度でも再生した」

老人は、時折そう呟くようになった。

「この国は強いんだ。戦争には弱いけど、こういうことには」

老人の言葉の意味はよくわからなかったが、町の人々は、塔が美しく高く伸びた時のことを思い、互いに噂し合うようになった。

老人の新しい願いが何であるのかは皆わからなかったが、塔は美しく伸び続けていた。

33
鐘

フードを被った少女が、海を見ている。

海は澄んでいる。少女の座るベンチは砂浜にあり、その後ろに、巨大な三本の木が立っている。その三本の木は街にあるどのビルよりも、どの塔よりも大きい。静かな風をその無数の葉の間に通し、日の光に当たり、佇んでいる。

海に反射する太陽の細かい光の群れを見ながら、自分が通ってきた、綺麗なレンガの歩道を思い出しながら、後ろの木を、花々を、遠くの海を進む雄大な船を意識しながら、少女はふと、何かに祈りたい思いに駆られる。少女のまだ幼い思考では、なぜ祈りたくなるのかはわからない。これは少女の癖だ。少女はいつものように、太陽に向かい祈ろうとする。しかしその手を、コートを着た女が静かに止める。

「あなたがこの世界を美しいと思ったなら、昔のひと達に祈りなさい」

女のコートにも、日の光が当たっている。

「この街は、神が創ったわけではないのだから。昔のひと達が、あらゆる苦難に遭い、その度に創り上げてきたのだから。未来が、自分達のいる世界よりも良くなるようにと」

女の手が少女の肩に触れる。

「いまあるすべての生命は、この先に生まれるすべての生命に対して責任があるのだから。ひとは世紀を跨《また》ぐ度に、この世界をもっと良くしていかなければならないのだから。そして」

女が微笑む。

「宗教や神話にあるヘブンとは、本当は、あの世のことではないのだから。ひとが世紀を跨ぎながら創り上げていく、その先に実在する世界のことだから」

少女は、女をぼんやりと見る。そして目を閉じ、祈る。多くの悲しみと、そこから立ち上がる、巨大で真摯なエネルギーの繰り返しが、少女の小さな身体を通過したように感じる。少女は涙を流している。女は既に街のほうへ歩き出している。

鐘《かね》が鳴る。十七時を知らせる鐘。少女は小さな足で、夕御飯のために駆けていく。

34　寒い日に

小さな古本屋の店先で、男がベンチに座っている。

レジのところには、三十代くらいの女がいる。父が亡くなり、彼女はこの店を任されている。力なく壁にもたれ、店番をしている。

「ねえ……、あなた、本なのでしょう?」

「……はい」

男はそう返事をする。女に買ってもらった、缶コーヒーを飲んでいる。

「……本なのに、ページがないじゃない。……コーヒーも飲むのね」

「はい。……あとは、たまにアルコールで消毒を……、綺麗にしてもらえると」

「……わかってるわ」

店には誰も来ない。ここには派手な新刊もなければ、わかりやすい人気作もない。

路地裏にあり、汚れている。

「あなたはどんな本なの」

「……あなたの本です」

「……わたしの？」

「はい。本は、手に取ってもらったら、もうそのひとのものだから。……私が誰かに買われていく時、私はあなたに話すことになっています」

「何を？」

「あなたのことを。あなたの中にある、まだあなたが言葉にできていない混沌を。あなたがまだ気づいていないことも。……すべてを言葉にして、あなたに伝えます」

　梅雨が過ぎ、夏に入る。女はその間、携帯電話を見ながらぼんやりしていた。メールを送るか、送らないか。女は迷い続けている。誰に送るつもりなのかは、わからない。その様子を男はぼんやり見ている。缶コーヒーを飲みながら。

　夏が過ぎ、肌寒くなる。道を歩く人々の上着が、目に付くようになる。男は店先のベンチに座り続けている。女が近づく。

「……寒い？」

「いえ、……本ですから」

「そう。でも、わたしが寒いの。……しばらくこうしても？」

「どうぞ」

　女もベンチに座り、男に寄り添う。束の間の温度を、女は腕に感じる。

「わたしがあなたを買うわけにはいかないの。……だって、わたしは古本屋さんだから。商品を買うわけには」

「そうですね」

彼らの前を、二人乗りの自転車が通り過ぎる。その自転車の男女は、笑っている。女は、最後に自分が笑ったのは、いつだろうと思っている。

「……冬が来る」

「……はい」

「どうして冬なんて、来るんだろう。……暖かくする術《すべ》が、ない人もいるのに」

やがて冬が来る。この店には暖房もない。でも男はベンチに座り続け、女は寄り添い続けている。微かに暖かい。ここだけは。

「人は怖い。……大勢になると、余計に。……そうでしょう?」

「はい」

「怖くて仕方ないの。人も、冬も」

ようやく冬が終わり、温かな風が吹き始める。そこに、一人の女性がやってくる。季節外れの黄色いマフラーをしたまま、疲れている。店番をしている女に、小さく言う。

「……この本をください」

マフラーの彼女は、ベンチの男を指している。来る時が来た、と女は思う。マフラーの彼女は、脅えたように、その巻いたマフラーを手でつかんでいる。

「……ありがとうございます」

女は男を包装紙で包むため、男を呼ぶ。男は女の前に立つ。言葉を話し始める。約束していた言葉。

その声は、マフラーの彼女には聞こえない。なぜなら、それは女のためだけの言葉だから。男は話し続ける。いつまでも、いつまでも、話し続ける。

「……ありがとう」

聞き終わった女は、小さくそう言う。静かに、涙を流し始める。

「……そうだね。……生きていくことにする」

女は微笑もうとする。でも、微笑み方が上手くないから、顔が歪んだようになっている。少しほつれた服の袖で、目を何度もぬぐっている。

「この店をたたむよ。……ありがとう。わたしはやり直す」

女は男を丁寧に包装紙で包み、マフラーの彼女に手渡す。マフラーの彼女は何度もお辞儀をし、大事そうに男を連れて行く。

35 揺れる

地震が怖いわけではないのです。いえ、確かに、地震は怖い。なんと言ったらいいのでしょう。私は……。

あの大きな地震の日、私は自分のマンションの前の通りにいました。突然地面が震え、私は驚いたまま息をひそめるように様子をうかがい、でもあの揺れは収まることがなく、私の想像を超え、まるでうねるように激しくなっていきました。自分のマンションが、隣の家が、縦や横に暴れるように揺れていました。崩れてくる、そう思いました。建物のすべてが崩れ、すべてがうねり、自分は死ぬのだと。いつも私が散歩をしていたはずの見慣れた風景が、突然、他者のように見えました。風景のすべてが、これまでとは全く別のものになりました。私の命など少しも構おうとしない、あまりにも無造作で残酷なものに。あまりにも不可解で不条理なものに。……揺れが収まっても立つことができませんでした。風景が、一瞬で変わる。その事実に、私は昔のことを思い出していました。

私がまだ言葉も持たず、頼りない二本の足では短い距離しか歩くことができなかった、とても小さかった頃のことです。私がその時いた場所は、小さな私には広すぎる、あまりにも残酷に広すぎる、どこかの公園の中でした。周りにひとはいませんでした。いまでも、あの時の公園の広さを夢に見ることがあります。

その日の前日、母は父からの暴力を受け、深夜に私を連れて逃げました。正確にいえば、ほつれた髪もそのままに、息をひそめ外に出ようとしていた母の袖を、寝たふりをしていた私がつかんだのです。母は私と目が合い、私も連れて逃げた。でも翌日のその公園で、母は私の元からもいなくなったのです。


「目を閉じてゆっくり十数えなさい」

それが母の最後の言葉でした。それは聞いたことがないほど優しいものでした。その目を開けた時の風景を、忘れることができないのです。

十秒前と同じ公園であるはずなのに、それが全く、他者のように見えたのです。子供ながら、自分が捨てられ、この広い世界の中に、無造作に放り出されたことに気づいたのだと思います。私は弱々しい二本の足で、その場で呆然と立っていることしかできなかった。すべり台のカーブが、ジャングルジムの青が、木々の緑が、すべて無関心に、むしろ敵意を持って私に向かってくるようでした。あの頃の私は、そのような子供のための施設があるなんて知らない。周囲にひともいない。私は完全に一人で、この残酷で広い世界の中で生きていかなければならないのだと思いました。周囲の風景のすべてが、私にこの世界で生きていけるのかを問うようで、私の弱い生命力そのものを、私の意識を通過して冷酷に試すようでした。私は次第に立っていられなくなった。その広大な風景の恐ろしさに。無機質で不条理なその広すぎる風景の恐ろしさに。意識を失って良かった、といまでは思っています。そうでなければ、私はあの風景に耐えることができなかった。

私が余震の度に取り乱し、教団の皆様にご迷惑をかけるのは、その余震が私の無力さを再確認させるからです。お金を使って食糧を買い、言葉を使ってひとと繋がりを保っているというのは私の錯覚で、本当は、世界の本当は、残酷で無造作で無関心なのだということを。自然や風景は、決して愛するものなどではなく、私達の命などいともたやすく破壊するものなのだと。私達の風景は、私達の心の準備など問題にしないタイミングで、いつでも一瞬で、本当に一瞬で、全く別のものに変容するのだと。

……聞いているのですか。私はその恐怖に耐える力を得るために、この教団に入ったのですよ。この告白部屋の壁の向こうに、本当に教祖様はいらっしゃるのですか？　教祖様は沈黙ですべてを聞くと言われましたけど、本当にそこにいらっしゃるのですか？　近頃なんだか、この教団も揺れているように思います。不安定に、不安定に、揺れているように思います。私は一体どうしたらいいのです？　皆さんはどうしてしまったのです？　私に安堵を、私に安堵を、教祖様！

一人の白い服を着た女が取り乱す。同じ服を着た大勢の者達が、彼女をなんとか抑えようとする。自身も揺れている者達が、揺れる者を抑えようとしている。

36 午前二時

遠くから声がする。

誰かが遠くで、何かを話している。ベッドで寝ている僕の耳に、薄い窓から微かに聞こえてくる。

僕は靴下をはき、煙草を手に、静かに部屋を出る。その声を、誰かが聞かなければならないと思ったから。

細い路地をゆっくり抜け、公園を横切り、耳をすます。声は少しずつ近くなり、少しずつ遠くなっていく。僕は歩き続ける。いつまでも、足を動かし続ける。

昔のことを思い出す。子供の頃、僕はよく、こうやって外を歩いた。自分を育てていた大人達の、争う声が聞こえる度に。部屋からそっと抜け出し、夜の道を歩いた。低い声と高い声、その争う声を聞きたくなかったから。

夜の広大な道は、子供の僕にとって、未知で恐ろしいものだった。でも、僕は歩くしかなかった。光のない黒い霧のようなこの先に、自分を受け入れてくれる何かがあるような気がしたから。おまえは存在してもいいのだと、声に出して言ってくれる誰かがそこにいるような気がしたから。でも、夜の道をどれだけ歩いても、そんな存在はなかった。僕は運動靴で靴ずれをおこしながら、その微かな足の痛みを感じながら、また家に戻るだけだった。

この声は、あの頃の声じゃないだろうか？　あの頃僕が見つけることのできなかったものが、向こうから、僕を呼んでいるのではないか？「いまさらだけど」と言いながら。「遅れてしまったけど、あの頃きみに言うべきだったことを、いま言うよ」。

僕は歩き続ける。でも、やがて声は聞こえなくなる。それはそうだ、と僕は思う。そんなものは、元々存在しないのだから。

微かに、右足の小指に、痛みを感じている。僕はまた、靴ずれをおこしている。煙草に火をつける。夜の闇はもう未知ではない。

近くのコンクリートブロックを、僕は右足で蹴る。何度も、何度も、右足で蹴る。靴ずれの微かな痛みを、大きな痛みで消すために。

僕は少し笑みを浮かべ、元々そのつもりだったかのように、コンビニへ続く角を曲がる。

37 終わりなし

非通知の着信。通話ボタンを押しても、相手は何も言わない。

またただ、と僕は思う。携帯電話を非通知拒否の設定にしているのに、毎日着信音が鳴る。なぜだろう。壊れているのだろうか。

「あのさ……」

僕は携帯電話を持ちながら、何も言わない相手に言う。

「こういうイタズラ電話は、せめて順調な人生送ってるやつにかけろよ……。多分俺はおまえと同じなんだよ。惨めなんだよ。わかるだろう？　惨めなやつが惨めなやつにいやがらせをする。それって惨め過ぎるだろ？」

電話が切れ、僕は溜め息を吐く。テレビをつけ、音楽をかける。少しでも、自分の周囲を何かで埋めなければならない。何度も読んだ漫画を読み、レンタルしたＤＶＤを棚から取り出す。こうやって、僕はフィクションの世界に囲まれる。

自分の人生に向き合う時間を少しでも減らさなければ、僕はいまの生活に耐えられない。

また電話が鳴る。それは見ていたアクション映画のスリルある格闘シーンを遮断し、かけていたＪポップのイントロのメロディーを遮断する。非通知。無言が続く。僕の中の何かが不意に湧き上がり、僕自身をズルズルと下へ引きずり込む気配を感じる。憂鬱の先にあるのは、恐怖だ。僕はこの恐怖に、捕らえられるわけにいかない。動悸がし、電話を切る。またＤＶＤを見ようとリモコンへ手を伸ばす。でも力が入らない。呼吸が苦しい。

次にかかってきた電話は、いつもと違った。無言であるのに、僕の行動は規定される。

無言を聞きながら僕はジャケットを着て玄関を出る。顔に傷のある男に道を聞かれたが、無視して歩く。交差点を左に曲がり、Ｔ字路を右に曲がり、踏み切りを渡り、高速道路のガード下を通り、細い道を抜けさらに細い道を歩く。目の前に沼がある。住宅地の真ん中にある、巨大な沼。僕はその沼の前で立ち止まる。女が沼から顔だけを出し、携帯電話を耳に当てている。

「……え？」

僕は思わず声を出す。女は恐らく、服を着ていない。

「そうなんだ。私が電話をしていたんだ。だから早くこっちに来い」

女が電話越しにそう言う。僕は汗をかいている。

「早くこっちに来い。できるだけ早く。飛び込む時は両足の靴をきちんと揃えろ」

僕は息を呑む。女の顔を見つめる。

「何を迷ってる？　それが望みだろう？　私の顔はおまえを捨てたあの女の顔と同じだ。私の顔はおまえの人生を破壊したあの女の顔と同じだ。私は服を着ていない。この沼はおまえの惨めな闇と同じくらい暗い」

女がしゃべり続ける。

「この沼は、おまえの人に言えない狂気と同じくらいしつこい。この沼は、おまえの汚い暗部と同じくらい汚くて濃い。ここにおまえのすべてがある。私は服を着ていない。あの女への恨みを私に晴らせ。沼に溺れながら私を抱け。その代わり私はおまえの命をもらう」

僕は一歩前に出る。靴を脱ぐ。ざらついたコンクリートの冷気を、足の裏に強く感じる。

でもその時、携帯電話の着信音が鳴る。僕はいま、この女と通話しているはずだった。

いつもの無言電話は、この女からではなかったのだろうか？　それなら誰だ？　僕はもうひとつのほうの着信に出る。

でも目の前の沼の女が、ふたつ目の携帯電話を取り出す。

「ほかの誰かと思ったか？　その着信も私から。いつもかけてくる無言電話が、おまえと同じように惨めな人生を送るどこかの知らない女からで、いつかその女と出会えるとでも思っていたか？　ハッピーエンドは無理やりつくらなければならない。おまえみたいな人間にはやってこない」

僕は呆然と女を見る。

「私を抱け。死ぬ前に。私に恨みを晴らせ」

僕は沼に飛び込む。惨めな人生も憂鬱も恐怖も、すべてわがままな狂気に変える。僕は女をすぐ目の前に見る。踏み切りをくぐり、線路の上に倒れる。

ここはどこだろう？　僕は何をしているのだろう？　向こうから列車が来る。僕の存在が迷惑であるのを示すように、列車が大きな警笛を上げる。光が眩しい。

僕は転がるように線路から出ようとする。見上げると、僕のすぐ脇を巨大な暴力のように列車が通過していく。僕はあえぐ。いつまでも、その場所であえぐ。

呼吸を整え、携帯電話を見る。また非通知の着信音が鳴る。

38 喪服

電車の中、喪服姿の女が、正面の座席に座っている。

いい女だ、と男は思う。喪服のわりに、少しスカートが短いように感じる。黒い髪が美しい。耳から首の辺りが滑らかで、色が白い。男はちらちら女を見たが、やがて目を逸らす。あの女は死体を見てきたのだ、と思う。死体を見てきた女をこうやって見るのは、何だか気が引ける。縁起などは信じないが、やはりいいことではないように思う。

——死体を見てきました。

頭の中で声がする。男は驚いて目の前の女を見る。女は微笑んでいる。

——死体を見てきました。私を抱いた男です。私を何度も何度も抱いた男の死体を見てきました。

女は微笑み続けている。唇が濡れている。

——私を夢中で抱いていました。自分が死んだことにも気づかずに。明日もまた、彼は私を抱きに来るでしょう。

男は息を呑む。

——それでもいいのなら。あなたの死体も私が見送りましょう。

どこかの駅に着く。男は一人で電車を降りる。

39　Nの逮捕

駅前にある喫煙所で煙草を吸う。

隣で、綺麗な女性が煙草を吸っている。僕は彼女を見ていない振りをしながら、注意深く見ていた。僕は朝日を見るような爽やかな表情で、エロいことを考えることができる。なぜかというと、僕は変態だからだ。女性は三十代くらいだろうか。美しい。

いま僕が突然下半身を露出して、「これが僕の文学です」と言ったらどうなるだろう？　どうなっちゃうんだろう？　答えは簡単だ。人生が終わる。

こういう露出は大抵Mのひとがするもので、僕はSなので興味もないんだけど、あえて興味のないことをやって人生を終える、というのもいいかもしれない。ヤフートピックスに載るだろうか。僕の名前はそんなに知られてないから見出しには使われないだろう。多分見出しは《芥川賞作家、露出で逮捕》だ。こんな時だけそんなふうに言われるんだきっと。《小説家の中村文則容疑者（34）が昨日四時頃、駅付近の喫煙所で突然下半身を露出し「これが僕の文学です」と叫び警視庁に逮捕された。中村容疑者はその後下半身を女性に見せながら「アジサイが咲いたよ、アジサイが咲いたよ」と叫び続けたという。警視庁は余罪もあると見て身柄を拘束している。中村容疑者をよく知る編集者によると、容疑者は近頃不安定で、仕事もせず、アリの巣ばかり見ていたという。以下、編集者のコメント「ちょっと面倒くさいんですよ。いつもニコニコしてるんですけどね、目の奥が笑ってないんですよ。目の下のくまが実はポケットになってるらしくてね、中から駅の切符が出てくるそうです。便利だよね。サイン会とか開いてもね、『僕の読者はかわいいひとばかりで驚く』とか、真顔で言ってるんですよ。ええ、馬鹿です。黒いストッキングが好きらしいですよ。死ねばいいのに」》

そこまで想像し、なんだか泣けてきた。悲しい。実に悲しい。こうなったら、本当に下半身を露出してやろうか？　チンコテロだ。チンコをミサイルみたいに飛ばして町を破壊してやる。みんな知らないんだ、いままで隠していたけど、俺のチンコが本当は飛ぶことを！

気がつくと、その女性はいなくなっていた。梅雨の湿った空気を裂くように、冷たい風が僕を吹きぬける。

遠くから警官が近づいてくる。なぜだろう？　僕は咄嗟に自分の下半身を確認したが、露出はしていない。露出させた上で、アジサイで隠してもいない。なのに警官は僕のすぐ側《そば》まで来て、慎重に手錠をかける。

「なんで？」

「なんとなく」

40
通夜

女達が寿司を食べ続けている。

「でも、悲しいわね」

「ほんとに」

「こら、韻《ライム》！　そこ触《さわ》らない」

「どうしてこんなことに、ねえ」

寿司を食べ続ける彼女達を、男が見ている。同級生が死んだというのに、よくこれほど食えるものだ。

「彼女、原発反対の運動をしてたのでしょう?」

「そうそう」

「結婚もせず、偉いわねえ」

「雑誌で見たわよ。ほら、心音《ここね》！　お箸使って！」

くちゃくちゃした音が辺りに響く。彼女達が、寿司を噛み砕く音。魚の肉片が、彼女達の歯によって砕かれていく音。

「でもこんなことになるなんてねえ」

「交通事故なんて」

「残念ねえ」

見ている男の側《そば》に、友人が近づく。

「……どうだい？　彼女達」

「ん？」

「……彼女達の顔に、どこか嬉しさが滲み出てないか？」

やりきれない、と男は思う。なぜあれほど立派な女性が死ななければならないのだろう？　こんな女達が生き残って。

「でも……、私、原発ちょっといるかも、と思ってるの」

「うん、ここから遠いしね」

「そういう意味じゃないわよ」

「あら、私だってそういう意味じゃないわ」

「電気料金が上がるって、ねえ……」

彼女達は寿司を食べ続ける。その子供達も寿司を食べ続ける。男は彼女達から目を逸らす。

「あ、そうそう」

友人が男に小声で言う。

「きみ、彼女といい関係だったって？　ちょっと噂になってたよ。きみは結婚してたのに……」

男は友人を見る。友人はニヤニヤ笑っている。

「どうだったんだ、彼女」

男は自分の人生のくだらなさを思い浮かべる。彼女の遺影をちらりと見る。何も感じない、嫉妬以外は。友人を隅に連れて行く。

「聞きたいか？　いい女だったよ。特に酔うとね……」

41
ユダ

チャイムが鳴る。

老人がゆっくり立ち上がり、部屋のドアを開ける。ルームサービスを頼んでいた。でも入ってきたのはスーツの男だ。顔に傷がある。老人は驚く。

「……やっと見つけました」

スーツの男はそう言う。

「何をなさっているのです。……教団に帰りましょう」

ホテルの部屋は冷えている。ありえないくらいに。老人はずっと暖房をつけているのに、少しも暖かくならない。老人は目を見開いて男を見続けている。

「……なぜここが?」

「僕に、あなたのことがわからないとでも？　……わかりますよ。あなたがどこにいても」

スーツの男は疲れている。ここまで来るのに、随分時間がかかっていた。その目は不安に満ちている。老人のスーツケースに視線を向けている。

「……見逃してくれ」

「は？」

「私は逃げる」

老人と男はお互いを見ている。数分が経つ。遠くでサイレンの音がする。

「……どういうことですか」

「……そういうことだよ。もう無理だ。私には」

老人の言葉に、男の表情が歪む。悪い予感が当たってしまったように。老人が続ける。

「薄々気づいていただろう。奇跡の日なんてないんだよ。信者達も暴走し始めている。もう私の手に負えない」

「それはあなたが言ったのでしょう？　あなたが彼らを」

「違う」

老人が不意に叫ぶ。その声は、聞く人間の内面をえぐるほど低い。

「いいか、私は彼らの欲求を認めただけだ。私はささやかで、平和なコミュニティーをつくりたかっただけなんだよ。……なのにどうだ？　彼らはそれでは満足しない。世界に復讐を。そう唱える者達が」

「ならばなぜそれを止めないのですか」

「止める？」

老人が突然無邪気に笑みを浮かべる。目が輝き始める。

「……どうして？　だって私が承認すると、皆嬉しそうに私を見るんだよ？　……教祖様、教祖様と。……嬉しそうに私の顔を」

スーツの男は愕然と老人を見る。

「おまえだって気づいていただろう？　私にはひとを集める能力がある。惹きつける能力も。……でもそれだけだということに。ビジョンなど何もないことに。世界を変える力もないことに」

「いえ」

男が泣く。

「僕はどこかで、あなたを……」

「そうか」

老人がまた突然笑みを浮かべる。

「そうか、おまえはまだ、私から気持ちが離れたわけじゃなさそうだ」

老人が一歩前に出る。

「ならば見逃してくれ。私は日本を出る」

「一度……」

男が振り絞るように言う。

「一度世界に裏切られた者達を、もう一度裏切るのですか」

部屋は冷え続けている。

「……自業自得じゃないのかね。……そうだ、きみに紹介しよう。私が昨日出会った女性で、少し黒子《ほくろ》の多い、神秘的な」

老人がベッドのほうを指す。でもそこには誰もいない。

「……なんの話です？」

「あれ……。確かにここに」

老人は混乱し始める。自分を慰めてくれた女性。さっきまで、確かに側《そば》にいたはずの女性。姿が消えている。

「……何を言っているのですか」

「……まあその話は後だ。……仕方ない。私の目を見るんだ」

老人が男の目を覗き込む。透き通る目で。

「その顔の傷をつけたのは誰かな……？　思い出すんだ。おまえの子供の頃の……、両親、そうだ、思い出せ。つらいか？　ん？　つらいだろう。でも不思議だな、私の目を見ていると、それが癒されてこないか？　ん？　そうだ、もっと私の目を」

老人が近づいてくる。

「……そうだ、よし、いい子だなおまえは。おまえは本当にいい子だ。……私は嬉しいよ。おまえがいい子だから。おまえは私を見逃す。……そうだろう？」

「僕は……」

男がもう一度泣く。

「僕にはもう効かないのです……、あなたのそのやり方が」

スーツの男が拳銃を取り出す。老人に向ける。

「僕には彼らを裏切ることはできません。彼らを幻滅させることも」

「待て」

「……何か言うことが……？」

「神が見てるぞ、……神が。私にそんなことをしたら」

「本当にいるのなら、姿を見せればいいでしょう。僕は神に言いたいことがある。……山ほど」

「神が」

「あなたを、……父のように思っていました」

スーツの男が引き金を引く。破裂音が響く。老人がひざまずき、血を流し倒れていく。数百人の、暴走を始めようとする信者達を残して。

老人の死体を見下ろしながら、男は不意に座り込む。全身の力が抜けたように。ぼんやり拳銃を見ている。銃口を自分のこめかみに当てる。

その時、部屋のドアが開く。若い女性が入ってくる。首に大きな黒子が見える。まるで新しくそこにできたかのように。

「……多分、あなたにはまだやることがある」

女が静かに言う。男は彼女を見上げている。

「……きみは？」

「……わたしを見ても欲情しないのなら、あなたはまだ死ぬ時じゃない」

「は？」

「あなたにはまだやることがある。……キリストを裏切ったユダになりなさい」

「……ユダ？」

「そう。ユダ」

女はそう言い、その場から立ち去ろうとする。

「……あなたが死ぬ時、また会いましょう」

男は取り残される。老人の死体と共に。暴走を始めようとする信者達と共に。

42 Nの裁判

——では裁判を始めます。

僕は被告人席に座らされる。意味がわからない。

——あのう、私、裁判員なんですけど、あ、韻《ライム》！　ちょっとそれ触《さわ》らない！

——裁判員の方、続けてください。

——はい、すみません、うちの子が……。とってもいい子なんですけどね。夫がラッパーなんで、韻《ライム》って名づけました。次の子は拍《リズム》って名付けるつもりなんです。いま私《太っちょママの子育て奮闘記》ってブログやってて。良かったら遊びに来てください。あ、そうそう、Nさんの小説は暗くて共感できません！　全然駄目だと思います！

——わかりました。被告、何かありますか。

「ありません」

——そうですか。他の方、何か。

なんだろうこれは？　本当に裁判じゃないか。なんで僕はここにいるのだろう。そもそもなんで逮捕されたんだ？　裁判員の一人がまた手を挙げる。

――俺、作家志望なんですけど、Nの小説嫌いだね。全然駄目だね、俺の目からすると。いや、別に年齢が近いからなんとなく気に喰わないとか、俺より若い男の作家が気に喰わないとか、そんなわけじゃないよ。そんなわけじゃないよ？　とりあえずNの悪口ネットに書いてると落ち着きます。いやあ、気持ちいいよね、ひとの悪口。

――そうですか。被告、何か。

「ありません」

――そうですか。では他の方、何か。

いつまで続くんだろう。今度はおっさんが手を挙げる。

――あ、僕は文芸評論家なんだけどね。ええ、大学の授業が忙しいから、さらっとしか読んでないけどね、Nの小説は気に喰わないね。いや、あれだよ？　別にカミュとかドストエフスキーみたいな小説が苦手だから、彼の作品を否定してるわけじゃないよ？　違うよ？　まあ、文学の未来がどうなろうと知ったことじゃないよ。だって僕、大学の給料で飯《めし》食えるし。高給取りだよ僕。批評の真髄は皮肉だよ。あ、あとね、マニアックな小説は、僕全部褒めちゃう。だってそうしてるとさ、あいつはわかってる、と思ってもらえるじゃん？

――そうですか。被告、何か。

「……死ね」

――被告？　いまのは暴言ですよ。

「構いません」

――そうですか。では検察、どうぞ。

――はい。彼の作品、苛々します。私は人を差別しないと生きていけない性質《たち》なんで。政治的にも超保守ですし、戦争もしたいし、死刑も絶対絶対死守したい。生活保護も削りたいね。なんかね、Nの小説は根本的に相容れないんですよ。だから死刑で。

――そうですか。被告、何か。

「……マジで死ね」

――被告？　いまのも暴言ですよ？

「構いません」

――そうですか。では弁護人……はいないので、被告、自分でやってください。

裁判官を始め、傍聴席の人達までもが、全員で僕を見てくる。何を言えばいいだろう？　何も言う必要なんてないじゃないか？　傍聴席の編集者達が、僕が死ねば本が売れると手に汗を握っている。なんだあいつら。ちくしょう。何か言わなければ。何か言わなければ。

「僕は」

大きく口を開ける。

「黒いストッキングが好きだ！」

間違えた。何を言ってるんだろう。やばい。死刑になる。

――……ストッキング……？

裁判官が驚いて僕を見ている。法廷が静まり返る。裁判官が再び口を開く。

――私も好きだよ！　ストッキング万歳！

法廷がどよめく。裁判官はやめない。

――では被告は終身刑に減刑。執行猶予もつけちゃう。終身刑、でも執行猶予三十五年でどう？

43 目覚め

逃げた。まさか人を殺してると思わなかったから。

教義の儀式だって聞いてたのに。だから見張りをしていたのに。

廃墟になった学校の廊下で、わたしは座り込んでいる。まさか東京に、こんな場所があるなんて思わなかった。少なくとも、夜が明けるまでここにいなければならない。彼らは青い車でわたしを探してる。こんな場所まで逃げたとは思わないはず。

お金が必要だ、と彼らは言っていた。だからこんな関係ない殺人も請け負ったのだと。一週間後、その奇跡の日のために。何が起こるのかわからないけど、その日、世界が変わるらしい。でもそのためには人の命がいる。大勢の命。願いには生贄《いけにえ》を捧げなければならない。その日、数万人の命と引き換えに、この世界のあらゆる価値が反転する。美徳は汚辱に、加害者は被害者に。すべてが反転して、世界は混沌の世紀に入る。教団には、生贄のための数万人を殺す手段があるらしい。本当だろうか。そんな恐ろしい団体とは思わなかった。本当に教祖様の指示だろうか？　教祖様は一体どこにいるのだろう？

わたしは廊下に座り込みながら、これまでの自分を思う。傷を誤魔化すように歌を歌って、失踪して、この教団に逃げた。そして今度はその教団からも逃げようとしている。わたしは何をしたいのだろう。なぜ逃げているのだろう。世界を呪って、いじけた笑みを浮かべて死んだっていいはずなのに。

遠くで声がする。暗がりの廊下がなぜか濡れている。なんだろうこの声は。というよりも、わたしはどうやって、ここまで来たのだろう。逃げたところまでは覚えているけど、どうやってこの場所に来たのだろう。そもそもこの場所はおかしい。廃墟になった学校？　一体なんだろうこの場所は。ここはどこだろう。

わたしは声のするほうへ歩く。ヒビ割れたドア越しに聞こえる。息を止めて、なぜか震えてくる右手でドアを開ける。小さな子供がいた。頰がこけ、とてもやつれた子供が冷たい床の上で寝ている。わたしはその弱き者を見下ろす。

この子は、世界からいらないと言われたのだ。世界からいらないと言われて、誰からの関心もなく、こんな場所に放置されている。この子の想いも、感情も、この世界への望みも無視されたままで。弱りきった子供の目が、吊り上がっている。そしてわたしを睨む。捨てたのはわたしじゃないのに、この子からすれば関係なかった。この子はこのまま、世界を睨みながら死ぬのかもしれない。いま生きているのが不思議なくらいやつれてる。こんな小さな手足で、どうすることができよう？　この子は世界を睨むしかない。

わたしはなぜか泣いている。泣きながら、関係もないその子を抱きかかえる。でも子供はわたしを睨み続ける。わたしを敵だと思いながら死のうとしている。

わたしは何をしているのだろう。こんなことをしている場合じゃない。子供が泣き始める。大きな声で泣き始める。この声を聞かれたら、教団に見つかってしまう。きっと彼らは近くまで来ているから。でもわたしはこの子供を離すことができない。もうわたしの人生は終わったんだ。教団に見つかれば殺されるだけだった。それならそれでいい。でもせめて、この子供がまだ生きているうちは側《そば》にいようと思った。もうわたしには何もないけど、せめて、あなたの目つきが穏やかになるまでは。

そうすればこの子も、この世界には何かがあったと思うのではないだろうか。世界は敵意に溢れていたけど、なぜか自分を抱きかかえる存在がいて、自分が死ぬまで、側にい続けた存在がいたと思えるのではないだろうか。

子供が苦しそうにうめく。わたしはただ抱いていることしかできない。食べ物もない。何かの薬もない。でも子守歌を歌おう。あなたが少しでも楽になれるような歌を。いろいろなものからあなたを守れるような歌を。

「死ぬ前に、何かわがままを言いなさい」

わたしは言う。

「この世界に対して、あなたの何かのわがままを」

わたしは歌を歌おうとする。子供が消え、廃墟の学校が消え、わたしは目が覚める。

車の助手席にいる。隣には教団の幹部。まだ若いのに幹部にまでなった、背の高い――。

「失神するとはね。……まあ仕方ない。あんな現場を見たら」

「降ろしてください」

「は?」

「降ろしてください」

わたしは男の握るハンドルに手をかけ、急に右に切る。車が何かにぶつかり、右の腕に痛みが走る。なかなか外れないシートベルトをなんとか外して、ドアを開ける。わたしは転びそうになるけど構わず走った。後ろから男の叫ぶ声が聞こえる。さっきの夢はなんだったのだろう。本当に夢だったのだろうか? というより、わたしは何をしているのだろう。これは大変なことだ。教団から本当に逃げ出すなんて。行く場所もないのに。誰からも待たれてないのに。逃げられるわけもないのに。

でもわたしは逃げたいと思っている。生きたいと思っている。何をしたいのかわからないけど、わたしはこの世界の中で、あと少しだけわがままが言いたい。そう思っている。

44 Nの釈放

見知らぬ街。全く見覚えがない。

僕の横を、子供がついてくる。僕が缶コーヒーを飲みながら歩くのを、不思議そうに見ている。

「……あのさ、きみは何?」

僕は隣の子供にそう聞く。半ズボンをはいている。汚れた靴。

「きみは執行猶予で釈放されたけど、保護観察処分なんだよ。だから」

「なるほど。大人の僕を、きみが観察するわけだ」

知らない道を歩き、知らない角を曲がる。知らない駐車場がある。

「……どうやら、僕はこの街を知らない」

「そう?」

「うん。というか、自分のマンションがどこにあるのかも、忘れてしまった」

雨が降ったのだろうか。水溜まりが多い。電信柱も湿っている。

「……財布は?」

「……ある。でも、キャッシュカードの暗証番号も、忘れてしまった」

僕はそう言って歩く。子供はついてくる。自動販売機が見える。

「でも、現金は少しだけあるよ。だから、きみの飲み物も買おう」

「これ」

子供はメローイエローを指す。懐かしい。どうやら復刻したらしい。お金を入れ、ボタンを押す。子供はメローイエローをごくごくと飲む。本当に飲みたいのだろうか。

「あのさ」

僕は子供の顔を改めて眺める。

「きみは、よく似てるね、子供の頃の僕に」

「そう?」

「うん、……つらくないか?」

「さあ」

微かに風が吹く。

「きみは、いや、僕は、気を遣う子供だったからね。……やっぱり言わないね」

子供と並んで歩く。やはりこの街に見覚えがない。

「これからどこに行くの?」

子供がそう聞く。

「わからない」

「今日泊まる場所は？」

「わからない」

「ふうん」

子供は平気そうに歩いている。僕に気を遣って。僕は努めて明るく振る舞う。子供に見抜かれているのを承知で。風は吹いているけど、まだそれほど強くはない。僕は口を開く。何かを言わなければならないと思う。

「でも、……なんとかなるよ」

「そう？」

知らない角を曲がり、知らない踏み切りを渡る。子供と手を繋ぐ。遠くに知らない道が見える。

「なんとかなるよ」

45
供述

ええ、だから僕が殺したんですよ。理由？　気に喰わなかったからです。綺麗ごとばかり並べるあの男がね。ん？　そりゃああの男って呼びますよ。僕は教祖なんて信じていませんから。

僕がそそのかしたんです。教祖の意志だって嘘を言って。一部暴走してる信者がいるでしょう？　彼らをそそのかしたのは僕です。教祖様が承認したって言うと、あいつら馬鹿みたいに喜ぶんです。だから彼らに責任はない。悪いのは僕なんです。

教祖はね、奇跡の日を暴力によって実現しようとする僕の考えを知って、泣き出しましたよ。そんなことはしてはならないって。我々の意志は、祈りだって。生き難《にく》さを抱えているすべてのひと達のために祈れって。それでね、暴走してしまって、資金のために、アルバイト感覚でひとを殺してしまった連中について、抱きしめてやりたいと言ってましたよ。私が側《そば》にいて、その罪を共に一生抱えていこうって。……馬鹿みたいでしょう？　ありえないよね。

僕が銃であいつを撃った時、私は空から常に信者達を見ているだろうと叫んでましたよ。いや、信者だけじゃない。生き難さを抱えているすべてのひと達を……、あれ、おかしいな。悲しくて泣いてるわけじゃありませんよ。あまりにもおかしくてね、笑ってるだけです。生き難さを抱えているすべてのひと達のために、これから信者達は祈らなければいけないって。すべてに、というのが重要なんです、だって、そうすれば……、自分のことも、誰かが祈ってくれてると思えるでしょう？　誰かが、お互いに知らなくても、自分のことも祈ってくれてるって……そうでしょう刑事さん。なんで涙が出るんでしょうね。笑えてしょうがないのに。

あの教祖はね、本当に、信者達を愛してましたよ。この世界から裏切られた者達に、手を差し伸べていた。そんな存在もいたわけです、この世界には……。だから、捨てたもんじゃない。……まあ、僕が、殺してやったんですけどね。

……僕は祈りますよ。生き難さを抱えてるすべてのひと達のために。満たされてる人間は別にどうだっていいんです。だってもう幸福なんだから。そんな連中は別にどうでもいいんですよ。あ、違いますよ、いまのは教祖が言った言葉です。僕じゃありません。

ところで刑事さん、隣の少女は誰です？　何か顔がよく見えないけど……。なぜ見えるかって？　知らないですよ。あれから、何かいろんなものが見えるようになって……。なんだよ、きみは。そんな悲しい目で見ないでいいよ。これが僕の役割なんだから。だってそうだろう？　誰かが、彼らを救ってやらなければさ、誰かが、被ってやらなければ……、ん？　いや、こっちの話です。刑事さんには関係ないですよ。はい、そうです。僕の発言のすべてを公開してください。もう明日だから、時間がないんです。

46 パントマイム

私は座っている。ここはどこだろう。

遠くから音楽が聞こえてくる。誰かがギターを鳴らしている。ボールが見える。ジャグリング。私はどこかの公園にいる。ベンチの冷たさを、スカート越しに感じている。大道芸人がたくさんいる。

目の前にピエロがいる。痩せたピエロ。ピエロは何もない空間で、何かを押している。パントマイムだ。ピエロは何かを押すけど、それは動かない。少しも、これっぽっちも動かない。

でもピエロは諦めない。見えない何かを押し続ける。からかう素振りもない。ピエロは真剣過ぎる。ピエロはもう疲れているのに、その何かを押し続ける。

やめればいいのに。

私は呟きそうになる。無理なんだから。絶対にどかすことはできないのだから。でも、なぜだろう、少しも滑稽に見えないのは。ピエロを優しくいたわりたくなる。あなたは間違っていない、と言いたくなる。不器用だけど、上手くいかないけど、あなたは間違っていない。卑怯者でもない。ずるもしていない。あなたは――。

気がつくと私は泣いている。私は泣くことさえ、誰かに遠慮していたのかもしれない。目の前に手がある。ピエロの手。私に何かを渡そうとする。ハンカチだ。見えないけど。

「ありがとう」

私は泣きながら微笑む。このハンカチなら、どこにでも持っていける。

47　すべてのひとに

小さなライブハウス。出番はまだ。

わたしには歌うことしかできない。もしかしたら、歌うこともできないのかもしれないけど、いまはこれしか思いつかない。

教祖様は死んでしまった。皆あの幹部を憎むようになってしまったけど、わたしは何かおかしいと思う。彼の供述は本当だろうか？　でもわたしは無理やり信じることにする。それが彼の意志なのだから。彼が、皆にそう思って欲しいと思ったのだから。わたしはなぜか、彼のことが気になって仕方なかった。いまどうしているのだろう？　拘置所でも、ちゃんと眠れてるだろうか。嫌な夢は見ていないだろうか。

教団は解散した。皆が、教祖様の最期の言葉を抱えながら。また世界に放り出されたことになる。自分を虐げた世界に。でも前とは違う。

ライブハウスの入口で、昔わたしのファンだったという男性に会った。部屋を出ることができず、カーテンを開けるだけで怖かったけど、失踪したわたしが復帰すると聞いてここまで来たそうだ。「外はどう?」と聞いた。そうしたら、相変らず人間は怖いけど、風景はなかなか美しいと答えた。

世界に生き難《にく》さを感じるわたしの歌を、世界に生き難さを感じるひとが聞いてくれていた。わたしの歌には意味がないと思っていたけど、違ったみたいだ。生き難さを感じるひと達と同じ場所で歌えばいいんだ。多かれ少なかれ、誰もが生き難さを抱えている。皆と同じ場所から、皆に向かって叫べばいいんだ。皆がわたしのことを嫌いだって構わない。皆がわたしのことを嫌いでも、わたしは歌を愛するひと、そのすべてが好きだから。

この世界はあてにならないことだらけだ。学校も会社も家族も男も。でもこの世界には文化がある。この生き難い世界の中で続いてきた文化が。わたしは歌そのものになろう。軽薄な歌はいらない。そんなものは溢れてるからもういらない。平凡な歌ももう一切いらない。

出番が来る。わたしは臆病なのに、なぜか今は足が震えない。火のようなライトがわたしを照らす。鼓動が高鳴る。鼓動が高鳴って仕方がない。わたしはその光を見上げ、なぜか涙が出る。生きている、と思う。わたしは今、確かに生きている。最悪な記憶を抱えようが、様々な後悔を持とうが、わたしは今ちゃんとここにいて、確かにこうやって生きている。

涙を拭い、わたしは挑むような笑みを浮かべる。わたしの人生の第二幕。正面に向き直り、できる限りの力で、わたしはマイクに向かい口を開いた。

48 ソファ

——来ないね。

動物達が少年に言う。

——この部屋に、人間が。

「……そう、かな」

少年は広い部屋を眺め、しばらく考える。動物達が部屋の中で控えめに遊んでいる。猿や羊やコウモリやウサギ。トランプをしたり、柱を登ったりしている。少年が座るソファは優しくて柔らかい。ゆっくり時間が流れていくように感じる。

——でも、もしこの部屋に人間が来たら、僕達は退散しなければならないんだ。

「なんで？」

——え？　……当たり前だろ？

動物達はそう言い、ささやくように静かに笑った。

——僕達の姿を、きみ以外の人間に見られるわけにいかないから。

「どうして？」

――どうしても。

少年にはよくわからない。でもなんとなく、頷くことにした。

――明日から、学校に行くんだろう?

「うん」

――どちらについていくことにしたの?

動物達が優しく聞く。少年は口を開く。

「お父さん」

――そう。……上手くやるんだよ。何かをやり過ごすように生きるのは、本当はやめたほうがいいのだから。

少年は学校へ行く。転入生として短く挨拶し、教室の隅の席に静かに座る。でも、ここに少年を攻撃する者はいなかった。他人を貶《おとし》めることで気持ちよくなる子供も。親から受けた悪意を、おとなしいクラスメイトにぶつけてしまう子供も。少年は度々話しかけられる。放課後には、途中まで皆と一緒に帰ることにもなる。

――お別れだね。

部屋に戻った少年に、動物達が寂しげに言う。

——このままだと、ここに人間が来てしまうから。

「……え？」

——これからきみは、いろいろなことを学ばなければいけない。

動物達が遊びをやめて言う。

——ひとから傷つけられた時の痛みを。ひとを傷つけた時の痛みを。失われたものを追憶する痛みを。手の届かないものに手を伸ばす痛みを。……あきらめる痛みを。

「なんで？」

——きみは大人にならなければいけないから。……なんで大人にならなければいけないのかは。

動物達が少年を見る。

——僕達にもわからないけどね。

動物達はまた遊び始める。静かに踊ったり、ジャンケンをしている。少年のことを見ない振りするみたいに。少年は口を開く。

「こんなこと、言ったらいけないのかもしれないけど」

少年は涙ぐむ。

「僕はきみ達といたほうが楽しい」

——……その言葉は言ってはいけない。

部屋の温度が下がっていく。動物達が言う。

——僕達は退散しなければいけない。……でも大丈夫。消えるわけじゃない。きみの意識の届かないきみの意識の深い場所で、いつまでも遊んでるから。

動物達が消えていく。

——たまになら来てもいいよ。……たまになら。

学校へ行く途中、少年の前に女のひとが現れる。黄色いマフラーをしている。

「これをあげる」

「……え?」

少年は驚く。女のひとは微笑む。

「私にはもう必要なくなったから。あなたはこれから、必要になるかもしれない。……世界と一人で対峙しなければいけないから」

少年はマフラーを受け取る。自分でも驚くくらい自然に。

「あなたは?」

「私は、あなたと似た場所にいたから。……わかるでしょう?」

「……さあ、……なんとなく」

「……頑張り過ぎないように、……頑張って」

女のひとが去っていく。少年はマフラーをして学校に着く。マフラーは少しだけ暖かい。クラスメイト達が褒めてくれる。少年は不器用に笑顔をつくる。

部屋に来た少年を、動物達が見る。

——……来たら駄目じゃないか。

部屋はとても広い。相変らず。

「うん。でも、きみ達は嬉しそうだよ」

——確かに、嬉しいけど。

動物達が静かに笑う。少しずつ集まってくる。少しずつ。

——仕方ないね。……でも時々だからね。あと一年くらいなら、来てもいいよ。

少年は頷き、笑顔になる。ゆっくりソファに座る。動物達が静かに遊び始める。

49　オフィス街で

「よろしく」

「はい。いつもありがとうございます」

整った身なりの初老の男の靴を、痩せた老人が磨き始める。オフィス街。人通りも多い。

「……最近は、天気が妙だね」

「ええ、晴れてると思ったら、急に雨が降ったりしますね」

初老の男はどこかをぼんやり見ている。今日、役員会議がある。次の社長を決める会議。会社を支えてきた自分が、若い者達に追い出される会議。

「雨が降ると、大変だね」

「ええ、雨の日に、靴を磨くひとはいませんからね。……全部濡れてしまうから」

初老の男は表情をしかめる。追い出されない方法がひとつある、と男は思っている。そのために、今日は早く会社に来た。若手のホープの山科に会い、二、三話すだけでいい。階段の裏手でも、喫煙所でも。あのことを、そっと彼に耳打ちすればいい。形勢は逆転する。若者達は情熱はあるが、詰めが甘い。自分のような人間を乗り越えるには、準備が足りていない。

「世の中は物騒だけど、あれは何とか収まったみたいだね」

「みたいですね。なんでしたっけね、なんとかって宗教が……」

「でもいつか、ああいうことは起こってしまうかもしれないね、世の中が……、ん？……新聞は読まない？」

「ええ。……あまり読まないです」

それなら、これからも知ることはないだろう、と男は思う。ある会社が、大量のリストラを敢行することも。その裏には、社内クーデターの失敗があったことも。男は眉をひそめる。彼らのクーデターはあと一歩だった。もう少し詰めきっていれば、私を退任させられたのに。リストラなど自分もしたくない。でも株主と銀行のことを考えれば、やるしかなかった。若者達の情熱だけでは、会社は成り立たない。

「終わりました」

「ありがとう。相変らず見事だね」

「お疲れ様でございます」

男は少しだけ驚く。

「私はいまから会社に行くんだよ。……いってらっしゃい、というのが本当じゃないかな」

「あ、そうですね」

老人は戸惑っている。少し慌てて口を開く。

「いや、相変らず真っ直ぐな靴だと思っていたら、妙なことを言ってしまいました。……すみません」

男は自分の靴を見る。古びているが、本物の革だ。自分は本物しか身に着けない。見栄ではなく、そういう人間でいたいから。男はしばらく痩せた老人をぼんやりと見る。

「いや、正しいよ。お疲れ様だ」

「え？」

「なんでもない。また来るよ。今度は日曜日にでも」

男は会社へ歩いていく。ネクタイを締め直す。

50 Nのあとがき

僕はあとがきを書く。最近も何だか、上手く眠れない。

「この本は、アマゾン上にあるＷｅｂ文芸誌『マトグロッソ』でのショートストーリー連載（全二十八話）に、新たに書き下ろした二十二話を加えて、全五十話としたものです。

二話をボーナストラックみたいに書き下ろして、三十話にすることも考えたのだけど、元々Ｗｅｂで無料で読めたものを手に取ってくれた人に対して、もっと何かがしたいと思った。なので思い切って二十二話書き下ろすことにしたのだけど、随分時間がかかってしまった」

ここまで書き、僕は机の上の缶コーヒーを飲む。深夜の一時。眠りたいなら、コーヒーなんて飲まなければいいのに。

「加えて単行本のために、挿絵を描いていただいた。小説ではなく、『ショートストーリー集』なので、『絵と言葉』の面白さも加えることができると思った。松倉香子さんの絵を見た瞬間に、この人しかいないと感じた。快く引き受けてくれて大変感謝です。数々の素晴らしい絵で、このショートストーリー集を彩ってくれました。

僕のストーリーに松倉さんが絵を描いてくれたのだけど、一作だけ『ソファ』は、元々あった松倉さんの絵を見ながらストーリーを書いた。とても貴重な経験でした」


僕は散歩に出る。こんな夜中に散歩に出るのもどうかと思うけど、部屋の中にいると、たまにどうしようもなく落ち着かなくなるのである。

また缶コーヒーを買う。机の上に飲みかけがあるのに、何でまた買うのだろう。途中、パトカーが僕のすぐ横を徐行していく。思わず身構える。別に悪いことはしてないのに。こんな地味に暮らしてるのに。最近の楽しみといったら、近くのパン屋で「明太子ロール」を買って食べることくらいなのに。どうも警察は苦手である。パトカー内の二人の警官が僕をじっと見る。目を逸らすのもしゃくなので、ここはあえてじっと見返す。やばい。捕まったらどうしよう。罪名は何だろう。頭の中わいせつ罪だろうか。しかし頭の中の自由まで奪われたら、こんな世界でどうやって生きればいいのか。でもパトカーはゆっくり通り過ぎる。僕は逃げるようにマンションへ帰る。

「この作品集の中の『祈り』と『鐘』は、東日本大震災の直後に書いたものになる。連載中にあの震災があり、当初予定していた原稿をやめ、二回分を『特別編』として書いた。少しテイストが違うのは、そういった理由からです。ちなみに『処刑器具』は、古代シチリアでの伝説を元にしている」

机の上の二つの缶コーヒーを横目に見ながら、メールをチェックする。編集者からのメール。文面はやたら丁寧だけど、要約すると、「お前〆切覚えてるな？　遅れたら殺すぞ？」ということである。不愉快なので無視する。こういうメールを無視する快楽はたまらない。

「僕らしい作品や、僕にしては意外な作品など、様々に収録されている。気に入ってくだされば幸いです。僕としては『いい本をつくりたい』という思いで書きました。読んでくれた全ての人達に感謝します」

椅子にもたれ、ぼんやりする。思えば十年、作家として文章を書き続けている。まさか自分が、このような人生を進むとは思わなかった。昔を振り返れば、よくもここまで生きてきたものだと思う。

僕はまた散歩に出る。なぜだかわからないけど、さっきからずっと猫がついてくる。

文庫のためのあとがき

この本は、僕の十二冊目の本が、文庫本になったものになる。五十話目が、作品に組み込む形で既に「あとがき」になっているので、さらにあとがきを書くのは、実はかなり変だったりする。でもこの作品の「成立経緯の記録」を、「おまけのおまけ」のような感じで、少し書いてみることにした。だから本当に、ここから先は「おまけのおまけ」です。

この本のきっかけは、当時イースト・プレスにいたAさんから、アマゾン上のWeb文芸誌「マトグロッソ」で連載小説を書かないか、と言われたことだった。

何年も先まで小説執筆の仕事はもう決まっていたりするので、お断りすると「ならショート・ストーリーは?」と食い下がってくる。押しが強いというか、諦めない感じで、タチの悪い人だと思った。「うーん、では試しに……、一つ書いてみようかな」と長い議論の末、僕は言うことになった。こういう風に僕が執筆依頼を引き受けるのは、実は結構、珍しいことだったりする。

最初に書いたのが、「或る女」(本の掲載順は、所々、執筆の順番と異なる)。Aさんは気に入ってくれて、これで仕事は終わった、と思ったのだが、Aさんは「一週間に一度でどうでしょう」と自然な感じで言うのである。

「何言ってるんですか、週一なんて無理ですよ」と答えると、「え？　じゃあ、うーん、困りましたね……、なら仕方ないです。二週間に一度で」と言われた。いつの間にか書く流れになっているのに気づかないまま、「週一じゃなく、二週間に一度で良かった」と僕は思っていたのだった。

何というか、これは編集者の空気づくりというか、もうマジックみたいなもので、Aさんは、そういうのが上手い（ずるい）人だった。

僕は乗せられた形だけど、引き受けたのは当然、それだけではない。Aさんは、この仕事は僕のためにもなる（言い換えれば、僕が新しいことに挑戦することになる）と思っていて、そして読者に何かを届けたい、とも真剣に思っていて、ただ事務的に「上司に言われたから、中村の原稿を引っ張ってくる」みたいなことではないことに、僕も気づいていたからだった。とにかく、Aさんは仕事に熱心な人だ。

自分のアイデンティティの大部分が「編集者」であるように見える人。そういう空気が、全身から出ていた。仕事だからやってます、的な編集者も実はいたりする中で、Aさんとの仕事はとてもよかった。相手が熱量を持って付き合ってくれると、作家も当然やる気が出るのである。

単行本が出てから、他の出版社から「うちで文庫化を」というお話を色々頂いた。でも僕の中には、この本はAさんがいなければ絶対生まれなかったし、そもそもイースト・プレスの本だしな、という思いがあって、保留し続けていた。この本の文庫化が他の本より随分遅れたのは、そういう経緯である。

そうしたらなんと、理由は不明だが、Aさんが文藝春秋に移籍した。よってこの本は、再びAさんの手によって文春文庫になった、ということになる。

というわけで、実はこの本は、一人の編集者の熱意によって生まれたものになる。はっきり言って、僕はAさんのことをよく知らない。プライベートも謎。でもそういう関係性も心地良かったりする。ただ僕にわかるのは、Aさんはザ・編集者、ということだ。

『王国』『迷宮』と連続して書きながらの、同時並行での執筆期間だった。書き下ろしの部分を書いている時は、『去年の冬、きみと別れ』の構想を練っていたし、『教団X』の連載も始まっていた。それなのに、よくもまあ（あくまでも自分では、ということだけど）色々アイディアが浮かんだな、と思ったりする。でも一度、さすがにやばくなったことがあり、Aさんに連絡したことがある。ご飯を食べた後、なぜか新宿の夜の街を散歩させられた。

あの街は混沌としているのだけど、なぜかその、特に混沌としている道ばかり歩かされた。でもどうしてか、その後色々アイディアが湧いたから不思議である。その直後にできたのが「タクシードライバー」で、そこからは、一切途切れることなく書いていった。なぜ新宿の街が「タクシードライバー」になったのかは、今でもわからない。

ちなみに、作中の「ソファ」の絵は、松倉さんが僕にくださって、いま僕の部屋にある。松倉さんともまた、何かで仕事ができればと勝手に思っている。あの絵はいつ見ても、内面の柔らかな、不安定などこかに届くようで、とても好きです。

作家になって、ちょうど十五年になる。編集者や関係者の人達、そして読者さん達に、僕はずっと支えられている。サイン会で「『惑いの森』を持ち歩きたいのだけど、文庫化はないのですか?」と言ってもらえたことがあったのだけど、そのことはずっと、頭に残っていた。こうやってわだかまりなく文庫にすることができて、本当によかったと思っている。僕は最近、というより基本的に元気がないのだけど、今は、少しテンションが上がっている(多分、傍目からはわからないけど)。

この本の全体からでも、部分からでも、何かを感じてくれたら作者としてはとても嬉しい。僕は死ぬまで作家なので、共に生きましょう。

二〇一七年十一月二十七日　中村文則

初　出　Web文芸誌『マトグロッソ』
（二〇一〇年十一月〜二〇一一年十二月 掲載）＋書き下ろし

単行本　二〇一二年九月
イースト・プレス刊

DTP制作　言語社

文春文庫

惑《まど》いの森《もり》

定価はカバーに表示してあります

2018年1月10日　第1刷

著　者　中村文則《なかむらふみのり》

発行者　飯窪成幸

発行所　株式会社　文藝春秋

東京都千代田区紀尾井町 3-23　〒102-8008
TEL　03・3265・1211(代)
文藝春秋ホームページ　http://www.bunshun.co.jp
落丁、乱丁本は、お手数ですが小社製作部宛お送り下さい。送料小社負担でお取替致します。

印刷製本・大日本印刷

Printed in Japan
ISBN978-4-16-790998-7